JN210209
Ibarakino
茨木野
illustration
いずみけい
カバンの勇者の異世界のんびり旅
The Bag Hero's Relaxing Journey in Another World
～実は「カバン」は何でも吸収できるし、日本から何でも取り寄せができるチート武器でした～

「じゃあ、友達になってよ」
「む？　友達……？」
「うん」
スペルヴィア
ダンジョンに封印されていた
「高慢の魔王」であり、
魔物フェンリル。

佐久平啓介
勇者として召喚された少年。
ハズレ武器「カバン」を持った勇者として
追放されてしまったが……？

「な、なんか……エルシィさん、顔……というか、見た目が……」
BEFORE
「なんっじゃこりゃああああああああああああああああああああ！」
エルシィ
啓介が出会った冒険者パーティに
所属する魔法使いのエルフ。
啓介の規格外の強さに振り回されっぱなし。

Ibarakino
茨木野
illustration
いずみけい
カバンの勇者の異世界のんびり旅
The Bag Hero's Relaxing Journey in Another World
～実は「カバン」は何でも吸収できるし、日本から何でも取り寄せができるチート武器でした～

プロローグ

僕の名前は佐《さ》久《く》平《だいら》啓介《けいすけ》。

一五歳。春から高校生になる予定……だった。

「成功だ！　勇者様が異世界から召喚されたぞ！」

僕がいるのは儀式場みたいなとこだった。

床には魔法陣が書いてあった。そして僕の他に、日本人が三人いた。

「なんだこりゃ……？」

長髪の、二〇代くらいの、チャラそうな外見の男。

「どうなってるんだこれは……？」

青みがかった髪の、大学生くらいの細身の男。

「これってよくある、異世界召喚ものじゃあないでござるかぁ!?」

眼鏡の、太ったお兄さん。

僕と同じ日本人の彼らは、困惑してるようだ（一人興奮してたけど）。

僕？　僕は……ちょっとワクワクしていた。

ついさっきまで、平凡な学生生活を送っていた。

私立のちょっといい高校に合格したけど、僕には人より優れたものなんてない。

勉強も、スポーツも並。顔もイケメンじゃない。

そんな僕は、きっとこれからも平々凡々とした人生を送るんだろうって、軽く絶望した。

そんなところに、異世界召喚！

しかも……勇者様！

ちょっと、いやかなりワクワクしていた。

姉が出版社に勤めてる関係で、僕んちには、たくさんのラノベやマンガがあった。

そう……物語の主人公のように、僕も……華々しく活躍できる！

「勇者様……突然お呼び立てして申し訳ございません」

そう言って僕らの前に現れたのは、綺麗《きれい》な女の人だった。

うわ、胸でかいっ。

髪の毛もなんか、ギャルみたいに盛り盛りになってるし。

あとなんか綺麗なドレスに身を包んでいる。

「あんた誰だ？」

日本人のひとり……大学生の男が、尋ねる。

「わたくしはここゲータ・ニィガ王国の女王、【ワルージョ＝フォン＝ゲータ・ニィガ】と申します」

女王！　異世界ファンタジーのテンプレだ！

女王はそのまま頭を下げてくる。

「勇者様、どうか我が国を、お救いくださいまし」

ワルージョ女王が世界の状況を教えてくれるようだ。

「現在、魔王が世界を支配しようとしてるのです。対抗しましたが、現地の人間ではまるで歯が立ちませんでした。……そこで、異世界から勇者を召喚したのです。お願いです、どうか、魔王を倒してください！」

なるほど、そんな状況になってるのか……。ここもテンプレだ！

「ええ……マジダルいんですけど」

僕ら四人の中で、最もチャラそうな男が、そう言った。

「つかバイトの時間なんでぇ、返してもらえませんかねぇ？」

チャラ男さんが尋ねると、ワルージョ女王が首を横に振る。

「残念ですが、異世界から呼び出す手段はあれど、送り返す方法はないのです。神代の魔法を知ってる、魔王ならばあるいは……」

なるほど。

魔王なら帰る手段を知ってるかもしれない……か。

これもテンプレだ！

わ、わ、すごい……これから僕の異世界での冒険が始まるんだ！

「ちっ、しゃーねえ、魔王倒すしかないか」

「……そうですね」

「でゅふふふ！　燃えますすなぁ！」

と、他のお三方もやる気みたい。

ちなみに僕も、最後のオタクっぽい人と同じ意見だ。

ワクワクしてるっ。

「では、勇者の皆さん。お名前を伺っても？」

ワルージョ女王に言われ、僕らが答える。

「おれは【山田《やまだ》チャラオ】！」

「……オレは【上田《うえだ》シズカ】」

「でゅふふ！　拙者《せっしゃ》は【飯田《いいだ》オタク】！」

山田さんに、上田さんに、飯田さん……か。なんか下の名前すごいな。芸人さんなのかな？

おっと、僕の番か。

「えと、僕は【佐久平啓介】です。よろしくお願いします」

「でゅふふ！　よろしくでござる佐久平どのぉ！」

オタクさんが笑顔で手を差し伸べてきた。

わ、いい人……！

「ちっ、ガキかよ。戦力になるんですかぁー？」

一方、チャラ男……もとい、チャラオさんは僕に否定的。

そりゃそうだ。まだ中学生だもんね、僕だけ。

チャラオさんたちは、みんな二〇代くらいに見える。

「……で、これからオレらはどうすればいいんですか？」

シズカさんが女王に尋ねる。

「まずは神器召喚を行います」

「はぁ？　なんだよその、じんぎってよぉ？」

チャラオさん……相手女王様なんだけど、そんな態度でいいのかなぁ。

「神器とは、勇者の皆様のみが扱える三種の神器のことです」

「さんしゅのじんぎ……？」

「アイテムボックス、鑑定スキル、そして……【聖武具《せいぶぐ》】。以上三つが、勇者様に共通して与えられます」

・アイテムボックス↓無機物なら何でも入れられる箱。
・鑑定スキル↓モノの情報を読み取ることができるスキル。

ここまではわかる。

ネット小説でよく見るし。

「……聖武具とは、なんですか？」

シズカさんの問いに女王が答える。

「勇者様固有の武器でございます。弓や盾、剣などの形をしており、それぞれ強力な特殊能力を秘めております。ただ、勇者様は聖武具以外を装備できない縛りがあります」

なるほど……。

現地で買った武器や、他の人の聖武具は、装備できないんだ。

「でゅふ。ハズレの聖武具を引いたら、大変ですな」

たしかに。たとえばスコップとか、フォークとか。

そういうのだったら、嫌だな。魔物と戦わないといけないわけだし。

「では、儀式を始めます」

そう言って女王は、隣に控えていた神官らしきオジさんに目配せする。

オジさんはモニャモニャと呪文を唱えると……。

カッ……！

天井から四本の光が降り注いできた。

僕らの目の前で、光が形を作っていく。

「おお！　おれは剣だ！」

チャラオさんの聖武具は、剣。

「……オレは、槍《やり》」

シズカさんは槍。

「でゅふ！　拙者は弓でござる！　これは助かる。前で戦うのは苦手でござるからなぁ！」

オタクさんは弓か。

さて……僕は……。

「って、え？」

僕の聖武具は……とんでもない形をしていた。

「え？　なにこれ……カバン……？」

なんと、来春から通う予定の、アルピコ学園の通学カバンじゃないか！

「え、うそ……カバン……これが、僕の聖武具なわけぇ？」

いや、いやいやいやいや！

カバンって！

「ぎゃははは！　カバンって！　うけるぅ！」

「……それでどうやって、魔王と戦うんですか……」

チャラオさんとシズカさんは、僕に侮蔑のまなざしを向けてきた。

「さ、佐久平殿……いや、ケースケ殿！　諦めるのは早いでござるよ！」

「オタクさん……」

「聖武具には特殊能力があるのでしょう？　なれば！　きっとカバンには拙者たちの想像を超えた、すごい能力が付与されてるはずでござる！」

た、たしかに！

そうだよね、見た目でハズレだって思っちゃだめだ！

「勇者様たちには、聖武具を手に取ったことで、鑑定とアイテムボックスのスキルが付与されております。それで、聖武具の性能をお確かめください」

女王の言うとおり、僕は鑑定スキルを使う。

使い方は、頭の中に流れ込んできていた。

勇者の特権ってやつだろうか？

「【鑑定】！」
・勇者の鞄《かばん》
固有スキル：■《ボックス》
「ぼ、■《ボックス》……？」
・■《ボックス》
→異空間に通じる箱。
……。

…………。

……………えっと。

「ぎゃはっははは！　まじうけるぅ！　異空間に通じる箱って！　それってアイテムボックス

じゃねえか！」

た、たしかに……。

アイテムボックスのスキルは、異空間にモノを収納するスキル……。

「……オレらに共通して、アイテムボックススキルはあるな」

つまり、だ。

カバンの神器の持つ能力は、アイテムボックススキルと、ダブってるって……こと？

「げ、元気を出すでござる！　ケースケ殿！　た、たしかに三つ中二つはダブってる……けど！

鑑定とアイテムボックス、それだけで十分すごい力でござるよ！」

「オタクさん……」

オタクさんは慰めてくれたけど……。

「ハズレ乙ぅ！」

「……カバンの神器とか。利用価値ゼロですね」

チャラオさんとシズカさんは、僕を馬鹿にしてきた。

そりゃそうだよね……カバンって……。とほほ。

「……ちっ。ハズレか。……四人中三人いれば、まあいいでしょう。一人は廃棄ということで」

ん？

ワルージョ女王が、なにかつぶやいたぞ……？

しかしカバンの聖武具って……。

大丈夫かな、僕の異世界生活……？

☆

今日はゆっくり休んでくださいと、勇者それぞれに、部屋があてがわれた。

チャラオさん、シズカさんは疲れたと言ってさっさと眠ってしまった。

オタクさんだけは、『大丈夫、いざとなれば拙者が守りますゆえな！』と励ましてくれた。

そんな彼も疲れたらしく、部屋に戻っていった。

自分も辛《つら》いはずなのに、僕を励ましてくれる。オタクさん……いい人……。

「ケースケ様」

「あ、わ、ワルージョ様」

振り返ると、僕らを召喚した女王様がそこにいた。

「様など不要ですわ」

ふふ、と彼女が笑う。近くで見ると本当に綺麗な人だな。

「えと……何か用ですか？」

「ええ。個別にお話ししたいことがありまして」

「こ、個別に……？」

「ええ。ケースケ様だけに」

なんだろう……？　僕だけって……。

「わかりました」

「では、三〇分後にわたくしのお部屋に来てください」

ええ！　お部屋にぃ!?　僕だけっていうし……ま、まさか……え、えっちぃ展開とか？　いやいやいや。ないない。

ない、と思う。けどちょっと……期待してしまう。ここ異世界ファンタジー世界だし。ちょっと男の僕に都合のいい展開があっても……おかしくはないっ。

僕も男の子なので、そういう色っぽいことに興味はある。ワルージョさん綺麗だったし。ああいう綺麗なお姉さんと仲良くなって、あわよくば付き合うみたいな……いやいや、ないない。でも……。ほらここファンタジー世界だしっ。男にとって都合のいいことが起きても……おかしくない！

そんなふうにあれこれ考えてたら三〇分が経過した。

僕はメイドのお姉さんに連れられ、ワルージョさんの部屋の前までやってくる。

「失礼しますっ」

「ええ、どうぞ」

メイドさんが扉を開ける。大きな部屋だ。奥にはキングサイズのベッドがある。

ワルージョさんがベッドに腰かけていた。そ、そして……その、え、えっちぃ格好をしてる！

スケスケだ！　ネグリジェってやつだ！　あわわ。これは……えっちぃやつだ！

「そんなところに立ってないで、どうぞこちらに」

「は、はい……」

そちらに行ってなにをするのですか？　あわわ！

「さぁ、こちらに」

……よ、よし。いくぞっ。僕はワルージョさんの元へ向かう。一歩、二歩……そして……。

カッ……！

「へ？」

僕の足下に光り輝く魔法陣が展開されていた。え、なにこれ……？

「【麻痺《パラライズ》】」

「がっ！」

突如として全身に電流が走り、僕はその場に崩れ落ちてしまう。魔法陣の上に横たわる僕を……

ワルージョさんが見下ろしていた。

……え？

なに、その冷たいまなざし……？　まるで、路傍の石やゴミを見てるような……。

「カバンなんていうハズレ聖武具を引いてしまった、あなたは不要です」

……。

………。

…………え？

「ふ、不要!?」

さっきまであった、ピンク色の妄想は一瞬で消えた。冷や水を頭からかぶせられたような気分だ。

戸惑う僕にワルージョさんは続ける。

「ええ。ですので、あなたは廃棄。七獄《セブンス・フォール》に送ります」

「は、廃棄!? せ、七獄《セブンス・フォール》……?」

後者の単語に聞き覚えはない。でも、前者の言葉の意味はわかる。

ようするに、使えない聖武具を引いてしまった僕を、処分しようっていうのか!

でも、直接殺すんじゃなくて、どうして廃棄……?

「王族が勇者に直接手を下したとなれば、王家の威信にかかわります。なので、魔物うろつくダンジョンに廃します」

「そ、そんなぁ～……」

魔法陣の光がひときわ強くなる。視界が真っ白に染まる。

「さようなら、役立たずのカバンの勇者」

☆

「う、うう……え!? こ、ここ……どこ……!?」

気づけば、僕は知らない場所にいた。どうやら僕は、洞窟の中にいるようだった。

真っ暗なはずだけど、不思議と視界は明瞭だ。

多分、壁とかがうっすら、青白く光っているからだろう。

「僕は……そうだ、捨てられたんだ……ちくしょう……ワルージョめえ。覚えてろよぉ」

僕はひとりつぶやく。

しかし……ううん、どうしよう。

ここは魔物うろつくダンジョンらしい。

ダンジョン……かぁ。

さっきまでワクワクしていた僕だけど、今は結構落ち込んでいる。

いや、勝手に呼び出しといて、勝手に捨てるとかさ。

理不尽すぎるだろ！

はぁ……。

「オタクさん……助けに来てくれないかな……」

あの優しいオタクさんなら、来てくれるかもだけど。

でもワルージョが嘘《うそ》をつくかも（僕が魔王退治にビビって逃げたとか言って）。

そのほかに、僕を助けてくれそうな人は……。

「チャラオさんもシズカさんも、僕のこと足手まといみたいな感じに思ってたし……。来ないだろうなぁ助けになんて……はぁ……」

結局、自力でここを脱出する必要があるってことだ。

自力で？

無理無理！

「だって僕……鑑定スキルとアイテムボックスしか、ないんだよ……？」

あと、勇者の鞄か。

「って、あれ？　カバン……ある。一緒に転移させられてきたのかな？」

ワルージョの寝室へ行くとき、メイドのお姉さんに、僕の部屋に置いてきてとあずけたはずだったのに……？

聖武具には、自動で僕の元に戻ってくる的な機能がついてるのかな？

まあ、それはおいといて。このカバンでどうしろっていうんだ……。

「そもそも。なんなんだ[redacted]《ボックス》て。異空間に通じる箱って……。これでどうやって戦えば……」

と、そのときだった。

「ＳＨＡＡＡＡＡＡＡＡＡＡＡＡ！」

目の前に、でっかい蛇が現れたのだ！　明らかに普通の蛇じゃない！

「え……？　わぁ！　へ、蛇!?」

これは……モンスター!?

「か、鑑定！」

僕はとっさに鑑定スキルを使っていた。

いやよく動けるな。まあたしかに、オタクな僕は、異世界に行ったときに、僕ならこうするって想定していたことあるけど……。

・毒大蛇《ヴァイパー》（S）
↓巨大な蛇型モンスター。生物を一瞬でドロドロに溶かす、溶解毒を使用する。

ええええ!?
いやわからないけど、ネット小説とかだと、Sって最高に強い敵じゃない!?
……って、どれくらい強いんだろう……。
え、Sランクモンスター!?

僕やばくない!?
「SHAAAAAAAAAA！」
わわわ！　毒大蛇《ヴァイパー》が体をのけぞらした。
そして、口から……
ブシャアアアアアア！
毒々しい色の液体を噴射した。
あ……おわた。
勇者の鞄を持った状態で、僕は腰を抜かしていた。
終わりだ……あれは、溶解毒。
アレを浴びたら、僕はドロドロに溶けて……死んじゃうんだ……。

ああ、父さん母さん、姉ちゃん……ごめんなさい……。
啓介は異世界で死にます……。
『【溶解毒】を収納しますか？』
え？
『【溶解毒】を収納しますか？』
突如として僕の脳内に、女の人の声がした。
え、えっとわからないけど……。
毒？
収納？
「し、します！」
このまま毒をかぶりたくない一心で、僕は叫ぶ。
すると……。
しゅるぅうううううううううん！
「えええ!?　ど、毒が……カバンに吸い込まれた!?」
なんということだ。
どうなってんだ……これ……？
『【溶解毒】を収納しました』
『条件を達成しました』

『聖武具のレベルが上がりました』
よ、よくわからない、けど……助かったみたい……。
「SHAAAAAAAAAA！」
ひ！
今度は毒大蛇《ヴァイパー》が、突っ込んできたぞ！
ど、どうしよう……！
『【毒大蛇《ヴァイパー》】を収納しますか？』
は、はい？
今なんて……？
『【毒大蛇《ヴァイパー》】を収納しますか？』
え？
え？　なに……毒大蛇《ヴァイパー》を……モンスターを収納!?
そんなことできるの!?
できるんだったら……。
「い、YES！」
その瞬間……。
しゅごぉおおおおおおおおおおおおおおおおお！
突如として、僕の持ってるカバンから風が吹き出した！

いや違う……吹き出したんじゃない！

吸い込んでる！

掃除機みたいに！

「ＳＨＡＡＡ……」

毒大蛇《ヴァイパー》はカバンの中に吸い込まれていった。

「え、ええ……なにこれ……？　カバンの中に……モンスター入っちゃったんですけど……？」

『【毒大蛇《ヴァイパー》】を収納しました』

『条件を達成しました』

『聖武具のレベルが上がりました。スキル【取り寄せカバン】を習得《ラーニング》しました』

……え、レベル？

レベルが上がった……？

聖武具ってレベル上がるの？

あと、新しいスキル覚えたって……。

「なにが、何やら……だ。けど……助かった……みたい」

毒を吸い込み、モンスターを吸い込み……って。

カバンってもしかして……結構チート？

「勇者の鞄って、アイテムボックスとイコールなんでしょ？　アイテムボックスって……ネット小説とかだと、ただアイテムを入れることしかできなかったはずなのに……」

疑問を覚えても、答えてくれる人はいない。

でもどうやら、勇者の鞄は、アイテムボックスとは、また別の力を持ってるのかも……。

「力……そうだ。新しいスキル。たしか、取り寄せカバンって……」

・取り寄せカバン
→どこにあるモノでも取り寄せられる。取り寄せたいモノを声にしながらカバンに手を入れると、それがある場所に空間が繋《つな》がる。

…………。


……………？

ど、どっかで聞いたことがあるような……？

未来の猫型ロボットの秘密道具に、そういうのあったよね……？

「えっと……ミネラルウォーター」

とりあえず試してみようと思って、カバンに手を突っ込む。

すると、はしっ、と僕はたしかに何かを摑《つか》んだ。

引っ張って取り出すと……。

「ほ、ホントにミネラルウォーターじゃん！」

ペットボトル入りのミネラルウォーターをゲットしていた！

「え、じゃ、じゃあ……菓子パン……たくさん！」

僕はそう言いながら、スキル取り寄せカバンを発動。

カバンをひっくり返すと……。

どさどさどさどさっ！

「や、山盛りの菓子パンだ……！　これで食事に困ることはない！　……って、ん？」

あれ……？

カバンって……もしかして、もしかしなくても……。

「結構、チートじゃない……？」

だって、敵の攻撃はカバンが吸収できる。モンスターだって吸収できる。

スキルで、現実世界から食べ物も飲み物も取り寄せ放題……。

「結構、余裕……かも？」

こうして、どん底からスタートした僕の異世界生活に、一筋の光明が見えたのだった。

第一章

僕がいるのは洞窟の中。それも結構でっかい洞窟だ。

天井が見えないんだもんね。相当な広さなんだろう。

「これからどうしようかなぁ」

僕はその場に座って、菓子パンをもっちゃもっちゃと食べる。

僕のカバンから取り出した、菓子パン。

これはどう見ても現代日本のパンで相違なかった。

「このカバン……もしかして日本に繋がってる、とか？」

日本の食べ物を取り寄せできたんだから、日本に通じてる可能性はある。

僕はカバンを広げて、顔を突っ込む。

カバンの底が、そこにはあった。……なんちって。

カバンから顔を出して、腕を入れる。

「底に手が届かない……どうなってんだろこれ……？」

わからないことだらけだ……。

なんて不親切なんだ。

まあ、僕以外の勇者たちは、女王から説明を受けてるんだろうね。

「僕以外の勇者……オタクさん、元気かな」

チャラオさんとシズカさんは、どうでもいい。

けど、オタクさんだけは、僕のことを気にかけてくれたし、ハズレ聖武具を引いたときも、励ましてくれた。

あの人が酷《ひど》い目にあってないかだけが気になる。

だってワルージョ女王が側《そば》にいるわけだし……。

ちゃんとその女、危ないよって、オタクさんにだけは伝えにいかないと。

「なおのこと、外に脱出しないとね」

さて。

「でも外に出るって……どうやって？　地図もないわけだし……あるのはこのカバンだけ」

聖武具。

勇者の鞄。

そういえば、僕はこのカバンのこと、何も知らない。

毒大蛇《ヴァイパー》っていうモンスターを吸い込んだ。

また、毒大蛇《ヴァイパー》が吐き出した毒も、吸い込んだ。

カバンからは日本の食べ物や飲み物を取り寄せできる。

「このカバンがあれば、モンスターが出てきても大丈夫そう。さっきみたいに吸い込めばいいんだし。それに、食事も水もいらないよね。さっきみたく、取り寄せればいいんだし」

ちなみに、さっき取り寄せた大量の菓子パンはカバンの中にしまった。
アイテムボックス的な機能もカバンにはついてるのだ。
「カバンがあれば結構だいじょうぶ、だよね！　よし、進もう！」
もうちょっと色々できることを探っておいたほうがいいかもだけど。
ここ……ダンジョンのど真ん中だし、安全ってわけじゃないからね。
てくてく……。
てくてく……。
ううん……。
「ここ、どこ……？」
現在地がわからない……。
こういうときマップとかあると……。
って、そうだ！
「マップを取り寄せればいいんだ！」
僕はカバンの中に手を突っ込む。
マップが欲しい！
『金額が不足してます』
……ふぁ!?
頭の中に、また例の女の人の声が聞こえたぞ。

いや、え、お金……？

「え、どういうこと？　さっき水もパンも、ただで取り寄せできたじゃん……？」

気になって、もう一回、僕はペットボトルのミネラルウォーターを取り寄せようとする。

『金額が不足してます』

あ、あれぇ……？

取り寄せできない……。

「え、もしかして、取り寄せにはお金いるのかな……？　え、でもさっき取り寄せたときにはお金なんて払って……」

いや、待てよ。

僕はズボンのポケットを漁《あさ》る。

右ポケットには、スマホ。

左ポケットには、財布。

財布を開けてみる。

「ん？　あれ!?　え、ええ!?　お小遣いが……消えてる!?!?!?」

そんな！　マンガ買うためのお小遣いがー！

うぅ……。凹《へこ》む……。

「ん？　アレでも待てよ、別に財布壊れてない。財布落としたわけでもないのに、お金だけなくなるって変じゃないかな？」

僕の脳裏に、とあるアイディアが浮かぶ。

財布の中身を全部地面の上に置く。そんで、カバンから安いガムを取り出した。すると僕の持っているお金が、消えた。

でも、なるほどなぁ。

つまり、スキル取り寄せカバンを使用するためには、対価が必要と。

さっきのミネラルウォーターと菓子パンは、元々僕が持っていたお金から、自動で引かれた……と。

うん。

「え、詰んでない……？」

現在、水と菓子パン（大量）を買ったから……所持金ゼロ！

「こんなことなら、菓子パンあんなに取り寄せなきゃよかった～。とほほぉ」

……しばらく菓子パンがあるから、飢えはしのげるだろうけどさ。

でも、それもいずれストックがなくなってしまう。

取り寄せするためにはお金が必要で……。

「あー……どっかにお金落ちてないかなぁ」

と、そのときだった。

「ん？　なんだあれ……？　人……？」

ちょっと離れたところに、人影があった！

そうだよ、ここ、ダンジョンなんだから、他にもここを訪れてる人、いるかもじゃん！

「すみませーん！　助けて……って、ああ……マジかぁ……」

近づいてみて、僕は気づいた。

人だと思ったそれは、人だったものだった。

「うひゃああ！　が、がが、骸骨!?!?!?!?!?!?!?!?」

僕は慌てて骸骨から距離を取る！　ほ、本物だ……。お化け屋敷《やしき》にあるようなやつじゃない。本物の……死体……。

「うう……」

ぎゅ、と僕は頼れるカバンを抱きしめる。すると、不安な気持ちが和らいでいくのがわかった。

勇者の鞄の力……？　わからないけど、さっき毒大蛇《ヴァイパー》を倒してくれたカバンさんが側にいれば、恐ろしい事態になっても大丈夫な気がした。

「よ、よし」

カバンを抱っこした状態で、僕は恐る恐る骸骨へと近づく。

リュックサックとか、服の感じとかから、外部からこの洞窟に来た人間なのだろうということがわかった。多分このダンジョンに来て、出れなくなって、死んじゃった人なんだろうなぁ。

はぁ……助けてもらえると思ったんだけど。

「って、ん？　待てよ……もしかして」

白骨死体さんは、服を着てる。

そして、リュックもあった。……僕は、手を合わせて言う。

「ごめんなさい。生きるために、ご協力ください」

僕はリュックサックを漁る。

食べ物は当然のようになかった。

着替え、毛布、ナイフ……。

「あった！　お金！」

お金の入った革袋が、入っていたのだ！

よかったぁ。

「ごめんなさい、泥棒みたいなことして。でも……生きるためなんです」

さて。

「この人どうしよう。埋葬してあげようかな。でも……ダンジョンに埋めるのはさみしいというか、可哀想《かわいそう》って言うか……」

地上に連れて行き、埋葬してあげよう。

この人にも家族がいるかもしれないしね。

「じゃあ、カバンの中に……入るかな」

白骨死体さん、結構大きい（一八〇センチくらいある）。

僕のカバンは、学生カバンだ。この中にデカい死体は入らない……。

「いや、でもさっき毒大蛇《ヴァイパー》を吸収できたんだ。アレと同じ感じで……」

僕はバッグを大きく開く。

ごぉおお！

バッグから、さっきみたいに風が吹く。

死体がバッグの中に吸い込まれていった。

「わ、収納できた。やっぱり、大きさを無視して、モノを収納できるみたい」

『以下の物を収納しました』

・短剣の勇者の死骸
・三〇万ゴールド
・勇者の短剣
・毛布（低品質）
・着替え（低品質）

『死骸の収納を確認しました』

『条件を達成しました』

『スキル【隠密《ハイド》（最上級）】、【マッピング】、【鍵開け（最上級）】、【解体】を習得《ラーニング》しました』

え、勇者？　スキルの習得《ラーニング》？　どうなってるの？

☆

「短剣の勇者……この人も、異世界から召喚された勇者なのかな……？」

でもなんで勇者がここに……。

って、まさか。

「彼も僕と、同じ境遇だったのかな」

つまり、女王に呼び出されて、ハズレだといって、ここに追放された……と。

……あり得ない話ではない気がした。

勇者召喚が、今回が初とは限らないしね。

「ここで餓死しちゃったんだ……。食料が尽きちゃったんだろうね」

僕には、食べ物や飲み物を取り寄せる力があるけど、この人にはなかったんだろう（リュックの中にも食料はなかったし）。

だから、彼は餓死しちゃったんだ。

こんな異世界の、暗い場所で。……可哀想に。

「僕が君を、外に連れてってあげるからね」

さて。

短剣の勇者の死骸を入れたことで、僕は『条件を達成しました』と言われた。

で、彼の持っていたスキル？　を獲得した。

「たしか死骸の収納を確認しました……って言っていたな。つまり、死骸をカバンに入れると、そのスキルが手に入る……？」

そういや、毒大蛇《ヴァイパー》を収納したときには、スキルを獲得しなかった。

あれは、死骸じゃなかった（＝倒してない）からだったのかな。

あくまで仮説でしかないけど。

……でも、ラッキーだ。

短剣の勇者さんは【マッピング】スキルを持っていた。

「鑑定！」

・マッピング
↓周囲の地形を表示する。


ぶぶん、と目の前に小さな、半透明の窓が開いた。

あれだ、ゲームとかやってると出てくる、ミニマップだ！

中央に赤の三角形。これが多分僕だろう。

で、通路が結構先まで表示されてる……！

助かるぅ！

「…………ん？　あれ？　地図があるのに、どうして短剣の勇者さんは、こっから脱出しなかったんだろう……？」

食料がないから餓死した。ここまではわかる。

でも短剣の勇者さんには、こんなすごいスキルがあるんだ。

彼もまた外に出ようとしたはず。

でも、この場にとどまったのは……どうして？

「ううん……わからない。こういうときに、質問に答えてくれる人とかいると、いいんだけどなぁ」

そんな優しい人はいない、かぁ。

オタクさんが側にいれば、一緒に考えてくれたかもだけど。

「ま、ないものねだってもしかたないね。何かあったら何かあったときに考えよう！」

とポジティブシンキングな僕。

いつも姉ちゃんから、『あんたはもうちょっと、この先に何があるかちゃんと考えて行動しなさい』って注意されてる。

でもさ、先に何が起きるかなんて、想像できないでしょ。

特にここは異世界、魔法があるんだ。なんでもありな世界で、先のことなんてわからないよね？

なら、何か起きたときに考える。これがベストだと思うんだよねえ。

「さ、前に進もっと」

幸いにもゴールドが手に入ったし、水も食料も取り寄せることはできる。

あ、ちなみにゴールド（貨幣価値）なんだけど……。

・一ゴールド＝一〇円

だってさ。

つまり短剣さん（※短剣の勇者さん）は三〇万ゴールド、三〇〇万円持っていたってこと……。

三〇〇万？　結構高くね!?

あの女王から金もらったのか、あるいは、地下で稼いだのか……。

ダンジョンだし、宝箱とかもあるよね？

そこからお金取ったのかな。

鍵開けとかあったしね、スキル。

そんなこんな考えながら、マップを頼りに進んでいく……。

結構歩いた。

ちょっとお腹空《なかす》いちゃった。

僕はカバンから菓子パンを取り出して、もちゃもちゃ食べながら歩く。おなかすく？　ここ普通に死地だけど。うん、普通に腹減る。どうしたんだろう、なんかカバンぎゅーってしてから、恐怖心が薄れた気がするや。まさか、恐怖心やストレスといった、負の感情までカバンに収納できたりしてー、なんちゃって。

「もちゃもちゃ……ううん……ダンジョンだって言うけど、このあたり、なーんかモンスター全然出ないなぁ」

モンスター。さっきの毒大蛇《ヴァイパー》に出会ってから、他には一度も出会ってない。

どうしてこの辺モンスターいないんだろう……？

「ん？　ちょっと広いところに出るぞ」

僕はマップを見ながら進んでいく……。

だから、気づかなかったのだ。

『おい貴様』

「え……？」

そこに、とんでもないものがいるってことに。

「あ、あわ……あわわわ……」

僕がたどり着いたそこには……。

見上げるほどの、大きな巨体をした……。

「お、狼《おおかみ》ぃー!?」

とってもデカい狼が、そこにいたのだ！

体長は三、四メートルくらいある。

体毛は白いが、薄紫色に淡く発光してる。

顔はいかにも凶暴そうな顔をしてらっしゃる！

ど、どどど、どう見ても……ヤバい狼だ。あわわ……。た、確かめなきゃ。

鑑定スキルを使用！

・フェンリル（ＳＳＳ）
↓神獣にして、最強種の一種。神狼ともいう。


ど、どうしよう……。そ、そうだ！

僕にはあれがあるじゃないか！

「しゅ、しゅうの……」

『まあ、待て。人間よ』

「あ、はい」

……。

…………。

……………。

「『え？』」

僕もフェンリルも、ぽかんとする。

『え、おぬし？　なぜ何もせぬのじゃ？』

「え、だって待てって言うから……」

『そ、そうか……おぬし素直じゃな』

「姉ちゃんにもよく言われます。『あんたは馬鹿正直だねえ』って」

『それ、馬鹿にされとらんかの……？』

「そうでしょうか？」

『そうか……おぬし変わってるな。他の連中は我を見るなり、大抵逃げ出すのにな』

「他の、連中……？」

僕の他にここに来た人がいるのかな？

あ、短剣さんか。

あれでも連中ってことは、他にも廃棄された勇者がいるってこと？

あれあれ、てゆーか……。

このフェンリルさん、襲ってこない？

それに、普通に会話できるし……意外と悪い人じゃない？

『おぬし、変わったやつじゃの。む……？　なんじゃそれは？　その手に持っているやつじゃ』

僕の手には、食べかけの菓子パンがあった。

「菓子パンですけど……？」

『パン……なんと。そのような、ふわふわしてるのが、パンじゃとっ？』

フェンリルの口から、ぼた……とよだれが垂れる。

ええと、もしかして……。

「た、食べたいんですか？」

『うむっ！　よければ一口くれぬかのぅ』

うーん、どうしよう……。

ま、でも僕を食べたい！　とか言われないだけ、いいか。

「いいですよ。他にもありますし」

『おお！　恩に着るぞ！　わるいが、近くに来てもらえぬか。我はこの場から動けぬでな』

動けない……？

そうだ、フェンリルさん、さっきから一歩もその場から動いてないや。

どうしてだろう……？

まあ、聞けばいいか。

それよりお腹空いてるみたいだし、パンをあげよう。

僕はフェンリルに近づいて、パンを差し出す。

フェンリルは顔を近づけると、舌を出してきた。

ぺろん、と舐《な》め取る。

『もぐもぐ……う！』

「う？」

ぶるぶる……とフェンリルさんが体を震わせる！

まさか……食あたり？

『う────ま────い────ぞ────────────！』

フェンリルさんが吠《ほ》える。

迷宮がごごごお！　と全体的に揺れ動いた。

わ……デカい声……。

僕は思わず尻餅をついた。

『美味《うま》すぎるのじゃ！　ふわふわで、甘くって、美味《おい》しい！　こんなパン……初めてじゃ！』

「そ、そう……よかったですね」

『うむ！　もっとないかの！』

「も、もっとぉ……？」

あるけど……ううん……どうしよう。

『もっと欲しい！　もっとおくれ！』

「いいですけど……」

これで断って、怒って、じゃあ僕を食べる！　みたいになったら困るしね。

それに菓子パンは、取り寄せまくって結構余ってるし。

あとゴールドも手に入れてるから、取り寄せも可能だからね。

僕はカバンをひっくり返して、菓子パンを取り出す。

袋を破って、中にぽいっと投げる。

フェンリルさんはべろり、とひと舐めしただけで、菓子パン全部食べちゃった。

『うぉおおお！　美味すぎるのじゃ！　こんな美味しいパンが世の中にはあるんじゃなぁ！』

「この世界にはないですけどね」

『なんと！　では、おぬしまさか、召喚者かの？』

「召喚者……？」

『うむ。異世界より召喚された人間のことを、召喚者というのじゃ』

……口ぶりからして、僕ら以外にも、この世界に召喚されてきた人間はいるのがわかった。

短剣さんは、ワルージョに呼び出されて廃棄されたのか……。

ん？　短剣さんがここから出れなかったのって、もしかしてこいつがいるせい……？

でも、悪い人（悪いフェンリル）には見えないけど……。

『もっと食いたいのじゃ！』

「えー……これ以上はちょっと」

『そこをなんとか！　頼むのじゃ〜。何百年とここに封印されて、ずっと空腹じゃったのじゃぁ』

封印……そうか、このフェンリル、封印されてたのか。

だからこの場から動けなかったんだね。

なんか、可哀想……。

でも知らない人に、これ以上パンをあげるのはなぁ。

ん？

あ。

「じゃあ、友達になってよ」

『む？　友達……？』

「うん」

ちょうどこの世界のこと、教えてくれる人、欲しかったところだ。

このフェンリルさん、強そうだし、なんか長く生きてそう（偏見）。

なら、色々教えてくれるかも。

『なる！　我は、おぬしの友になる！』

なんか嬉《うれ》しそうに言うフェンリルさん。

「よかった。僕は佐久平啓介。君は……？」

『我は【スペルヴィア】！　高慢の魔王スペルヴィアじゃ！』

ふんふん……。魔王スペルヴィアさん……。

ん？

え？

ま、魔王……？

「魔王、なの……スペルヴィアさん……？」

『うむ。そうじゃ』

あっさりと魔王さんはうなずいてみせた。

え、ええー……。

じゃあ、僕らが倒すべき魔王って、この人……？

いや、待て。そう決めつけるのは早計か。

「スペルヴィアさん。ってどれくらいここに封印されてるんですか……？」

『正確な数字はわからぬが、かなり昔からここにおるのぉう』

あ、なんだ。やっぱりそうだ。ワルージョが倒せとか言っていた魔王と、スペルヴィアは、別の魔王ってことだ。

安心。

『のぅ、ケースケよ。はよぅパンを』

「あ、ごめんごめん。はいどうぞ」

僕は取り寄せカバンを使って、菓子パンをありったけ取り出す。

もうこのフェンリル、友達だからね。

お腹空いてそうだったし、たらふく食べさせてあげよう。

☆

「それで、これからどうする？　スペルヴィアさん」

『スペでよいぞ♡』

菓子パンをたらふく食べたためか、すっかりご機嫌の魔王スペさん。

『そうじゃのう……我としては、ケースケとともにここを出たい……が、我は封印されておるでな』

「その封印っていつ、誰がしたの？」

『遠い昔に、勇者が……な』

僕らとはまた別の、異世界から召喚された勇者が、スペさんを封印したみたい。

『あやつはすごい力を持っておってな。絶対結界の力で、我をこの地に封じよったわ』

そう語るスペさんは、なんだかさみしそうだった。

勇者と魔王がどういう関係なのか……今の僕にはわからない。

だから、今の僕ができることをしよう。

「封印って壊せないの？」

『何度か壊そうと思って、試したのじゃ。しかしこの結界、堅牢《けんろう》でな』

鑑定スキルを使ってみる。

・絶対結界
↓物理、魔法等、どんな手段を用いても、決して壊れない結界。

ううん、どうやら何をやっても壊せないようだ。

……ん？

壊せないなら……。

「ねえ、スペさん。君は僕と一緒に外に出たいんだよね？」
『うむ。もうひとりは嫌じゃ……』
「じゃあ、スペさんがよければだけどさ、このカバンの中に、入ってみない？」
勇者の鞄は、モンスターを収納できた。
スペさんは魔王、モンスターだ。
なら、魔王を収納できるかもしれない。
『そ、そのようなことが可能なのか……？』
僕は簡単に、勇者の鞄について説明。
『し、しかし絶対結界があるから……』
「絶対結界は壊せないってだけ。収納は、できるかもしれないじゃん？」
『！　……なるほど。…………わかった。おぬしのカバンに入れておくれ！』
よし。
僕はカバンをガバッ、て開く。
すると……。
ゴォオオオオオオオオオオオオオオオ……！
カバンからまた突風が吹きすさぶ。
スペさんがカバンに引き寄せられる……。
バチィッ！

『くっ！　やはり結界が我を阻むのじゃ！』

「そっか……」

『……ありがとう、ケースケ。我を連れ出そうと、努力してくれて。その気持ちだけで嬉しいぞ』

……だめだ。

ぜんっぜん嬉しそうじゃない。

僕は……諦めない。

独りぼっちは嫌だもん。

「待てよ？　スペさん単体を収納しようとして、失敗した。なら、結界を取り込むのはどうかな？」

『どういうことじゃ？』

「つまり、絶対結界ごと君を取り込むの」

結界内のスペさんを取り込もうとすると、結界に阻まれる。

スペさんを包み込む結界ごと取り込めば、中のスペさんも、カバンの中に入れられるのではないか……？

毒大蛇《ヴァイパー》に襲われたとき、溶解毒を取り込めたように……。

結界も取り込めるんじゃないかって……。

「上手《うま》く行くかはわからないけど」

『やっておくれ、ケースケ！』

「わかった。いくよ……収納！」

ゴォオオオオオオオオオオ！
スペさんを包み込んでいる結界が、ずずずう……とカバンの中に吸い込まれていく。
『なんということじゃ！　結界が吸い込まれていくぞ！』
スペさんごと、結界がカバンの中に収納された。
『【絶対結界】を収納しました』
『【魔王スペルヴィア】を収納しました』
やった！　成功だ！
スペさんを収納できたぞ！
『聖武具のレベルが上がりました』
ん？
『聖武具のレベルが上がりました』
『聖武具のレベルが上がりました』
え？
『聖武具のレベルが上がりました』
『聖武具のレベルが上がりました』
『聖武具のレベルが上がりました』
『聖武具のレベルが上がりました』
『聖武具のレベルが上がりました』

『聖武具のレベルが上がりました』……

「ちょ、ちょちょっと！　どんだけレベル上がるの!?」

そういえば、毒大蛇《ヴァイパー》を収納したときも、聖武具のレベルが上がったって言っていた気がする。

勇者の鞄（聖武具）って、もしかして、収納するモノがすごければすごいほど、レベルが上がるのかな……？

『聖武具のレベルが上がりました』

『聖武具のレベルが上がりました』

『聖武具のレベルが上がりました』

……アナウンスはしばらく続いた。

「と、止まったぁ……超うるさかったんですけど……」

一体どれくらい、聖武具のレベル上がったんだろう……？

「鑑定」

・勇者の鞄（レベル１０３）
固有スキル：■《ボックス》
派生スキル：魔物■《モンスターボックス》、魔法■《マジックボックス》、■庭《ハコニワ》

「れ、レベル……１０３!?」

……。

…………。

……………って、どんなもん？

「基準がわからない……。レベル１０３って結構高い気がするけど」

レベル上限が四桁だったら、僕はまだまだってことになる。

こういうとき、他の勇者がいれば、これがどんなもんなのかわかるのにな。

ああ、早くオタクさんに会いたい……。

「って、そうだ！　スペさんどうなったんだろう？　カバンの中に収納できたけど……」

モノを収納することはできた。

なら、取り出すこともできるはず……。

でも、どうやって取り出すんだろう。

『魔物■《モンスターボックス》から、【魔王スペルヴィア】を取り出しますか？』

またあの女の人の声が聞こえた。

なんなんだろう……。

まあ、今は考えてもしょうがない。

『魔物■《モンスターボックス》から、【魔王スペルヴィア】を取り出しますか？』

ＹＥＳ。

すると……カバンから、小さな黒い箱が出てきた。

僕は箱を摑む。

ぱかっ！　箱の蓋が開くと……。

カッ……！

まばゆい光が箱の中からあふれ出る。

そして目の前には、あの、大きなフェンリルが姿を現したではないか！

『信じられぬ……封印が、解けたのじゃ……』

スペさんは目を剝《む》いていた。

解けるとは思ってなかったのかな。

「よかったね、これで君は自由だよ」

友達が自由になれてよかったよかった。

するとスペさんは涙をボタボタとタラシながら……。

『ウォオオオオオオオン！　自由だぁ……！　ウォオオオオオオオオオオオオオオオン！』

スペさん、歓喜の遠吠《とおぼ》えがダンジョン内に響き渡る。

よっぽど嬉しかったんだね。助けてよかった。

『ありがとう！　ありがとう、ケースケよ！　心から、感謝するぞ！』

気が遠くなるくらい、長い間、地下に封印されていたんだ。

自由になれて嬉しかったんだね。

「いえいえ。どういたしまして」

『これより我は、おぬしの従魔として、側にずっといよう！』

「従魔？」

『使い魔のことじゃ』

使い魔……。なんとなく、魔法使いの側にいる黒猫的なものをイメージする。

「別に使い魔じゃなくて、友達でいいんだけど……」

『まあ良いではないか。ほれ、動くでないぞ』

スペさんが僕の額に、鼻先をちょん、とくっつける。

瞬間……。

カッ……!!

またしても、スペさんの体が輝いた。

ぐんぐんとスペさんの体が縮んでいき……。

「おお、人の姿になったのじゃ」

「ええええ!?」

そこには、爆乳のお姉さんが立っていた！

紫がかった、銀の長髪。

メリハリのきいたボディ。

頭からは犬耳、お尻からは犬尻尾……。

グラビアアイドルも裸足《はだし》で逃げ出すほどの、美女がそこにはいたのだ。

一糸まとわぬ姿で！

「な、なんで人間!?」

「従魔は契約主に奉仕するのに、最も適した姿に変身できるのじゃ」

ほ、奉仕って……。

え、えっちぃこと!?

「そういうのいいから……。服着て」

「ふむ？　そうか。では……」

ぽんっ、とスペさんが姿を変える。

今度は手のひらに載るくらいの、子犬になった。

『これでどうじゃ？』

「ああ、うん。これなら……まあ」

スペさんが僕の体を伝って、肩に乗っかる。

『これよりこの、高慢の魔王スペルヴィア、我が主に寄り添い、あらゆる敵を排除してくれよう』

なんとも頼もしい限りだ！

勇者の鞄もあるし、スペさんもいる。これなら……外に出れるぞ！

『む？　さっそく高い魔力反応が近くにあるぞ』

スペさんが鼻をクンクンさせながら言う。

「高い魔力反応？　どういうこと？」

『我は魔力感知といってな、周囲にある魔力を帯びたモノを、感じ取ることができるのじゃ』

「魔力を帯びたモノって？」

『たとえば人間、魔物《モンスター》、アイテム……などじゃな』

なんと。

レーダーみたいな機能が、スペさんには備わってるのか！

すげえ……。

『どうする？　避けるか？』

「ちょっと気になるから、様子を見にいこうかな」

それに、勇者の鞄レベル１０３が、どれくらい強くなったのかも気になるし。

ということで、スペさんに案内してもらって、魔力反応がある方へと向かうと……。

「あ、白骨死体だ」

そこには、白骨死体。

……あれ？　もしかして……。

「この人も、勇者……？」

『かもしれぬな。ケースケと、似たような魔力の反応を示しておるのじゃ』

そんなことまでわかるなんて！

スペさんすごい……。

僕と同じ、廃棄された勇者は、やっぱりいっぱいいたんだね。

……放置するのも、可哀想だ。

「スペさん、他にも勇者の遺体って、ありそう？」

『うむ。この近辺に、いくつもあるな』

「じゃあ、全部の場所教えて。全部回収したいから」

『心得た』

☆

僕は地下で、高慢の魔王スペルヴィアさんと出会い、彼女と契約した。

スペさんは魔力感知という特殊な技能を持っていた。

周辺にあった、勇者の遺体をすべて回収。

・鍋の勇者
・針の勇者
・靴の勇者
・箒《ほうき》の勇者
・鏡の勇者

以上、五人分の遺体を回収した。

「短剣さんと僕を含めて、七人。こんなに捨てられてたんだ……」

『あくまで、この階層では、の話じゃ。上の階層にもいるやもしれんぞ』

「上の階層……？」

『このダンジョンは二五〇階層あるからの。ここは、最下層じゃが』

「最下層!?　そうだったんだ……」

あくまで最下層から出れない勇者が、七人いたってことか。

このダンジョンには他にも勇者がいるかも……。

……しかし僕は、ラッキーだった。

取り寄せカバンのおかげで、水にも食料にも困らなかったし。

それに何より、脱出の最大の関門である、魔王スペさんと友達になれたことも大きい。

敵対ではなく、友好の道を選んだからこそ、僕は無傷で、楽に脱出できるのだから。

さて。

「鍋さん、針さん、靴さん、箒さん、鏡さん……。あなたたちの力は、有効活用させてもらいます」

五人の勇者の死骸を、僕はカバンにしまった。

彼らの死骸を連れて、元の世界に帰れるかはわからない。

けど少なくとも、ここに放置され、誰からも忘れられるよりはいいかなって、思った。

だから、連れてくことにした。

『勇者の鞄に、死骸を入れることで、そいつが持っているスキルを獲得できるようじゃな』
習得《ラーニング》したスキルは、以下の通り。

〜〜〜〜〜〜
・勇者の鍋
↓調理（最上級）、絶対切断、加温
・勇者の針
↓裁縫（最上級）、麻酔針、鋼糸
・勇者の靴
↓ウォーキング、空歩、縮地
・勇者の箒
↓クリーニング、浄化、突風
・勇者の鏡
↓ミラーサイト、反射、幻影
〜〜〜〜〜〜

「一気に一五個も、新しいスキル覚えちゃった」
『どれも非常に強力なスキルじゃのぅ。なぜ彼らは廃棄されたのかの』

「うーん……まあ、どれも強そうな聖武具じゃないからかもね。針とか、靴とかじゃ」

僕のカバンも然《しか》りだけど。

王族は聖武具の見た目だけで、使えないって思って、勇者たちをここに捨てたんだろう。

酷い人たちだ！

聖武具に付与されてるスキルは、どれも強力だって言うのに！

「戦いで使えなくても、裏方で頑張る道だってあったはずなのに……」

『まあ、そのワルージョって女王が、人を見た目で判断する阿呆《あほう》だったということじゃろうな』

「うん。そうだね……。酷いやつだまったく」

さて。

『では脱出するかの』

「うーん……」

『どうした？』

「正直、脱出できるかな。マップを見る限りだと、スペさんの部屋を出たあとも、外に出るまで、結構距離あるし」

水、食料は取り寄せスキルでなんとかなる。

魔物《モンスター》との戦闘は……短剣さんを含めた、廃棄勇者さんたちの力を使えば、何とかなる気がする。

フェンリルであるスペさんもいることだし。

でも……。

「一番心配なのは、ケガだよ。いくら勇者のスキルや聖武具を持ってるからって、僕……普通の一五歳だし……」

特殊な戦闘訓練を積んだ人間じゃないんだ。

マンガの主人公のように、魔物とバチバチに戦闘を繰り広げられるわけじゃない。

『おぬしには、何でも吸い込む勇者の鞄があるではないか。戦闘なんて起きんよ。吸い込んで仕舞いじゃ』

「うーん……でも、不意打ちされるかも……」

『我が魔力感知で、魔物の不意打ちをすべて防ぐのじゃ』

「なるほど……でも、たとえば落とし穴とかあったら？　ケガして動けなくなるのは嫌だよ」

『おぬし……意外と先を考えるではないか』

「まあ……ね。でも……廃棄勇者さんたち見てたらさ……ちょっと本当に外出れるのかなって心配になっちゃってね」

外に出れず、白骨死体となった勇者たち。

そこに、自分の未来をどうしても重ねてしまう。

『ケガについては安心せい。良いモノがあるのじゃ』

「良いモノ……？」

『うむ。とりあえず、我が封印されておった場所へ移動するぞ。そこに目当てのものがあるのじゃ』

あの部屋に何かあったかな……？

まあ友達の言葉を疑いたくないので、言われたとおり、スペさんが封印されていた部屋へと戻る。

『ほれ、我が座っていた場所の周りの壁から、紫色のデカい結晶が生えておるじゃろ？』

「わ、ほんとだ。綺麗な石……」

紫色の尖《とが》った結晶が、壁から生えていた。

ここに最初来たときは、スペさんにビビって、周りの様子に気づかなかったや。

こんな綺麗な結晶があっただなんて……。


「鑑定」

・魔力結晶（最高品質）
↓周囲に流れる魔力が、長い時をかけて貯《た》まり、結晶化したモノ。非常に脆《もろ》い。


「魔力結晶……魔力の塊ってこと？」

『うむ。魔力は森や地下といった、ジメジメとした場所に貯まりやすいのじゃ。そして、ここは我から漏出した魔力も合わさり、とても高濃度な魔力プールとなっておるでな』

「なるほど、だからこんなにたくさん、魔力結晶があるんだね。それで、この結晶がなに？」

『結晶の先端をよく見るのじゃ。なにかがしたたり落ちておるじゃろ？』

スペさんの言うとおり、結晶先端部から、ぴちょん……ぴちょん……と液体が垂れている。

僕は手でそれを掬《すく》って、鑑定スキルで調べてみる。

・魔神水
　→魔力結晶からあふれ出した液体。これを飲んだものはどんなケガも病気も治る。部位欠損を再生する力はないが、飲み続ける限り寿命が尽きない。

「魔神水……すげー。つまり、この水、すごい回復薬なんだね！」

『うむ。魔神水をそのカバンの中にいっぱい詰めておけば、ケガをしても治せるじゃろう』

　なるほどぉ～。

　ん？　待てよ……。

『どうした？　カバンに魔神水を詰める作業をせぬのか？　我も手伝うぞ』

「いや……ちょっと思いついたんだけどさ、この魔力結晶持っていけば、今後も魔神水を取り放題なんじゃない？」

　カバンに詰めて持っていったら、詰めた分しか使えない。

　でもこの結晶まるごと持っていければ、今後もずっと魔神水に困ることはないじゃん。

『それは難しいのう。魔力結晶は、品質が上がるほど脆くなるのじゃ。つついてみ？』

　僕は魔力結晶を、軽く指でつつく。

　パリィイイイイイイイイイイン！

　魔力結晶は粉々に砕け散ってしまった。

『最上級の採掘スキルがあれば、この魔力結晶を持っていけるじゃろうがな。それでも、一〇〇〇回採掘を試みて、せいぜい一回成功するかどうかレベル』

「そんなにこの、最高品質の魔力結晶、回収するの難しいんだ……」

『うむ。まあほぼ不可能と同義と思ってよい。アイディアは良かったが、採掘して持っていくのは不可能じゃ』

……ん？

採掘して持っていくのは不可能……。

ってことは……。

採掘しなければ、魔力結晶を傷つけなければ、持っていけるんじゃない？

「よし……」

僕は勇者の鞄の口を開く。

「収納！」

ゴォオオオオオオオオオオオオオオオオオオオ！

カバンの口からまた突風が吹く。

壁から生えていた魔力結晶が、ずぼっ、と抜ける。

そしてカバンの中に、壁中に生えていた、最高品質の魔力結晶が、すべて収まった。

『【魔力結晶（最高品質）】を収納しました』

『【魔神水】を収納しました』

よし！

やっぱりだ！

採掘せず、こうしてカバンの力で収納すれば、魔力結晶を壊さずに回収できる！

「スペさん、見てみて」

僕はカバンの中に手を突っ込む。

そして、念じながら、カバンからそれを取り出す。

「じゃーん」

『!?　ま、魔力結晶!?　採掘スキルもないのに、どうやって!?』

「勇者の鞄に収納したんだ。ほら、絶対結界みたいな、よくわからないものでも収納できたでしょ？　だから、魔力結晶も収納できるかなって……」

けどこの魔力結晶、変だ。

さっき指でつついたときは、簡単に砕け散った。

でも今僕が持っているこれは、壊れる様子がない。

続いて、魔神水を取り出す。

「わ、なんだこれ……黒い箱……？」

僕の手には黒い箱が握られていた。

蓋を開け、傾ける。

ちょろちょろ……。

「箱から魔神水が出てきた。うん、問題なく魔神水も収納できてるみたい……って、どうしたの、スペさん？」

スペさんが、あんぐりと口を開きっぱなしにしていた。

『信じられぬ……。不可能とされている、最高品質の魔力結晶の採掘を実現するだなんて……。すごいのじゃ』

こうして僕は、勇者さんたちからスキルを獲得。

そして、スペさんの巣にあった大量の魔力結晶（最高品質）、そして無限に近い魔神水を、ゲットしたのだった。

これだけあれば脱出できるかも！

☆

勇者の遺体、魔力結晶を収納した僕は、いよいよ、地上を目指して出発した。

『地上は遠いぞ。このダンジョンは二五〇階層あるからのぅ。しかも歩いてじゃ、おそらくは二～三か月くらいはかかると思われるのじゃ』

僕の肩に乗っている、魔王スペさんが言う（子犬姿）。

二～三か月もかかるのかぁ。遠すぎ！

でも大丈夫。

僕には勇者の皆さんからいただいた力、そしてこの勇者の鞄がある。

それに、話し相手のスぺさんもいるからね。

意外と何とかなりそう。

「よし、出発！」

てくてく。

てくてく。

『む？　ケースケよ。五メートル先、岩陰に魔物がおるぞ』

「わ、スぺさんありがとう。よくわかったね、五メートル先の敵なんて」

『ふふふ、我には魔力感知スキルがあるでな。魔物の気配をいち早く察知できるのじゃ』

スぺさんのおかげで、不意打ちで魔物に襲われることはなさそうだ。

さてさて、魔物か……。

これが初戦闘だ（毒大蛇《ヴァイパー》は例外。あれは襲われただけ）。

さて、どの力を使おうかな。

『我が行って食い殺してこようか？』

スぺさんはフェンリル、伝説の獣だ。

並大抵の魔物には負けない、と豪語していた。

スぺさんに任せれば安全かもしれない。

でも……。

「僕がやるよ」

『む？　よいのか』

「うん。友達に命令するのって、なんか嫌だし」

友達に戦わせて、僕だけ後ろで高みの見物なんて、気持ちよくないもんね。

『助かるのじゃ。我は本来の姿を保つのに、かなりエネルギーを使うからの』

「あ、そうだったんだ」

『うむ。あの姿は無敵じゃが、燃費が悪くてな。いっぱい食べねばならないのじゃ』

なるほど……。つまり、フェンリルになれば、どんな敵も倒せる。

でもそうなると、ご飯をたくさんあげないといけない。

ご飯を取り寄せるのにもお金がかかる。お金は今んとこ有限だ（短剣さんが持っていた三〇万ゴールドしかない）。

お金は節約しないといけない。

よって、戦いはなるべく自分でやることにしよう。

どうしてもだめってときは、スペさんを頼るけどね。

『して、どうやって敵を倒すのじゃ？　近づいて武器で倒すかの？』

「うーん、いきなり魔物と直接戦闘は、こわいかなぁ。遠くから攻撃してみるよ」

僕は勇者から習得《ラーニング》した、スキルを思い出す。

その中で戦闘に使えそうなスキルは……。

「鍋さん、スキルお借りします」

・勇者の鍋
固有スキル：調理（最上級）
派生スキル：絶対切断、加温

『固有スキルとは、聖武具を装備してるときのみ使用可能なスキルじゃ。派生スキルは装備してない状態でも使えるぞ』

スペさん、ナイスぅ。

やっぱり、この世界の生きたガイド役がいると、とても助かるな！

「じゃあ、絶対切断使ってみよう」

・絶対切断（SSS）
→視界に入れた敵を切断する。威力は聖武具のレベルに依存する。

『いやこれ過剰戦力じゃ……』

「いくぞぉ！」

僕は手を前に出す。

魔物が隠れてる、岩ごと……。

「【絶対切断】！」

ズバァアアアアアアアアアン…………！

あ、あれぇ？

「岩がまるごと、消し飛んじゃった！」

五メートル先にあった岩が、そしてその陰に隠れていた魔物ごと、消滅してしまった。

『なんという凄《すさ》まじい威力じゃ……』

「これこんなすごいスキルだったんだね……こわぁ……」

敵は倒せたけど、こんな危険なスキル、人前じゃあんまり使えないなぁ。

てゆーか。

「できれば、魔物を倒して、回収したいんだよね」

『ふむ？　その心は？』

「地上に出たとき、それを売ってお金にしたいからさ」

ネット小説だと、ギルドで魔物の死骸を買い取ってくれる、みたいな描写があった。

ここもそういうのあるかなって。

『たしかに冒険者ギルドで、魔物の死骸や素材を買い取ってくれるな』

やっぱり！

じゃあ、なおのこと、魔物は原形が残るような感じで、倒して回収したいな。

「絶対切断は、ちょっと封印で」
『そ、そうじゃな……ここの敵相手じゃ、オーバーキルすぎるしのぅ』
そういえば……。
「ここの敵って強さどれくらい？　スペさんより強いの？」
『まさか！　我のほうが強いぞ！』
あ、そうなんだ。
スペさんがこの世界でどれくらい強いのかは知らない。
この世界の基準がわからない。
けど、ま、スペさんより弱いってことは、安心だね。
そんなに強い魔物はいないってことだもん！（↑※そんなことはないと後に判明する）
さて。
ダンジョンを進んでいく。
てくてく……。
てくてく……。
『九メートル先に敵じゃ。どうするのじゃ？』
スペさんが魔力感知で敵を見つけたようだ。
「スキルを使って、敵の姿を確認してみるね」
僕はまた、別の勇者から習得《ラーニング》したスキルを使う。

・勇者の鏡
固有スキル：ミラーサイト
派生スキル：反射、幻影

僕はカバンから、勇者の鏡を取り出す。
小さな長方形の、鏡って感じ。
折りたたみケータイみたいな大きさ。
『今更じゃが、他の聖武具、おぬしは使えるのか？』
「うん、普通に使えたよ」
『なんと！　聖武具は、その所有者しか使えぬはずじゃなかったかの？』
「うん。でも、なんか使えたし」
『勇者の遺体を、収納してることが関係してるのかのぅ……』
真偽は不明。
スペさんも、この世界の何もかもを知ってるってわけじゃないみたい。
聖武具は勇者の武器だし。
それにスペさん、一〇〇〇年くらい封印されていたみたいだからね。
最近の出来事には、詳しくないんだってさ。

・ミラーサイト（ＳＳＳ）
↓一対の魔法の鏡を出現させる。鏡を動かし、そこに映る映像を、もう片方の鏡と共有する。また、鏡を通して、物を転送することも可能。


「遠くのものを見るだけでなく、そこへ物体を転送までできるんだ。わー、便利ぃ」

ほんと、こんなすごいスキル持っている勇者を廃棄するなんて、ワルージョは頭弱いなぁ。

「【ミラーサイト】、発動」

僕の目の前に、勇者の鏡と同型の鏡が出現する。

僕の持っている鏡に、もう片方の鏡の映像が映し出された。

「スペさん、敵の位置って把握できる？」

『容易《たやす》いことじゃ。魔力感知を使えばな』

敵の位置がわかるから、そこへ鏡を移動させる。

敵は、鏡に気づいてないようだ。

鏡には、一匹の大きなトカゲが映っていた。

『黒炎蜥蜴《ブラック・サラマンダー》じゃな。火を噴くオオトカゲじゃ』

「スペさん、魔物にも詳しいんだね！　すご……！」

『まあの。ただ、封印されておったからな。最近の出来事、特に外の様子については、まったく知らんぞ』

「それでも、十分だよ。色々知ってて頼りになるなぁ、スペさんは！」

『よ、よせやぁい♡　照れるのじゃぁ～♡』

肩の上で、スペさんが嬉しそうにきゃんきゃん鳴く。可愛い。

「つと、今は戦闘中だったね」

『どうやって敵を倒すのじゃ？』

絶対切断だと、敵が消し飛んじゃう。

ならば！

・勇者の針
固有スキル：裁縫（最上級）
派生スキル：麻酔針、鋼糸

・麻酔針（SSS）
↓非常に強力な睡眠魔法が付与された針を飛ばす。針が皮膚に刺さると、敵は深い眠りに落ちる。


「【麻酔針】！」

僕は手を前に突き出して、スキルを発動。

『しかしここから敵まで、九メートル離れておるぞ？』

「もーまんたい。それ！　いけ！」

僕は鏡に向かって手を伸ばす。

手のひらから、細い透明な針が射出される。

『！　針が鏡をすり抜けた！』

「ミラーサイトの力だね」

『そうか！　物体を転送できる。魔法の針も物体じゃやから、針を転送し、遠くにいる黒炎蜥蜴《ブラック・サラマンダー》に針が当たるというわけか！　すごいのぅ！』

ぶすっ、と黒炎蜥蜴《ブラック・サラマンダー》の皮膚に、麻酔針が刺さる。

黒炎蜥蜴《ブラック・サラマンダー》は白目を剥いて倒れた。よし！

「じゃ、とどめを刺しにいこう！」

僕は黒炎蜥蜴《ブラック・サラマンダー》の元へと向かう。

敵はぐーすかと眠って……。

眠って……。

いや。

「『し、死んでる……』」

麻酔針を受けて、眠っているはずの黒炎蜥蜴《ブラック・サラマンダー》が、白目剥いて泡吹いて死んでいるのだ！

「非常に強力な睡眠魔法が付与されてるって言ってたけど、まさか刺した相手を永眠させるなんて！　ちょっとした兵器だよ！　こわぁ……」

『いや、ケースケよ。おそらくじゃが、おぬしのせいで、こうなってるのだと思われるぞ？』

「どういうこと？」

『通常、スキルの効果は、使用者のレベルに依存するのじゃ』

レベルに依存……。

レベルが高いと、そのスキルの効果も高くなるってことか……。

「それが？」

『おぬしの聖武具のレベル、確認してみ？』

・勇者の靴（レベル124）

「あれ？　レベル……なんかさっきよりすごい上がってる！」

『なにぃい!?　どういうことじゃぁ！』

あれ、これはスペさんも想定外みたいだった。

『聖武具のレベルの上がり方が異常じゃ！　どうなっておる……って、ん？　あれ？　ケースケよ、おぬし……その靴……もしかして……？』

「ん？　これ？　勇者の靴だよ」

・勇者の靴
固有スキル：ウォーキング
派生スキル：空歩、縮地
・ウォーキング（SSS）
↓歩いても一切疲れない。


「ウォーキングスキルが付与されててさ、これなら歩いても全然疲れなくていいかなって……」

『そうか……そういうことか！』

「どういうこと？」

スペさんは真剣な顔で言う。

『おぬし、聖武具を今いくつ持っておる？』

「鞄、短剣、鍋、針、靴、箒、鏡……全部で七つ。それが？」

『おぬしは七つ聖武具を持っている。で、聖武具のレベルは、どうやら共有されるようじゃ』

「？？？？　どういうこと？」

『つまり、おぬしは七つ聖武具を持っておるから、他の勇者の、七倍のスピードで、レベルが上がるのじゃ』

「え、ええー!?　七倍ぃ！」

そっか。

つまり、勇者の靴を使う（ウォーキングスキルを使用）と、靴だけじゃなくて、僕のメイン聖武具である、カバンのレベルも上がるんだ！

『勇者の針のレベルも同様に上がっておったのじゃ。それゆえ、麻酔針スキルの威力がとんでもないことになっておったのじゃろう……ううむ、すごい……』

ダンジョンにて、モンスターを初めて仕留めた。

「冒険者ギルドに持ってくために、死骸に解体スキル使って、素材《アイテム》にしようかな」

・解体（S）
↓モンスターの死骸を、一〇〇％の確率で、完全な状態の素材《アイテム》に変える。


『む！　ケースケよ。気をつけるのじゃ。大量のモンスターが近づいてくるぞ！』

スペさんの魔力感知がなかったら、やばかった。

素材化してる間に、モンスターに襲われて、今頃死んでたかも！

「逃げないとだね」

一旦、黒炎蜥蜴《ブラック・サラマンダー》の死骸をカバンの中に収納しておく。

『だめじゃ。モンスターに囲まれておる。群れで動くモンスターのようじゃな。厄介じゃ……我が蹴散らす！』

「待って、一対多数は、何があるかわからないから危ないよ」

『む……それもそうか。して、ケースケよ。どうするのじゃ？』

絶対切断スキルで蹴散らす？

でもスキルを発動中に、後からやってきたモンスターに食われちゃうかも……。

「いっそどこかに隠れる……とか？　カバンの中とか」

カバンに腕を突っ込んだ、そのときだ。

『■庭《ハコニワ》に、転移します』

「■庭《ハコニワ》……？　え、ちょ!?　うわぁあああああ！」

僕の体が、カバンの中に、勢いよく吸い込まれていくではないか！

……。

…………。

……………はっ！

「ここ……どこ……？」

気づけばそこには、何もない、白い空間が広がっていた……！

「ネット小説でよく見る、神様のお部屋みたい……」

『こ、ここはどこなのじゃ、ケースケよ』

スペさんもどうやら、一緒に移動してきたみたいだ。

たしか、ここへ来る直前に、■庭《ハコニワ》に転移しますとかなんとか……。

「■庭《ハコニワ》……どこかで聞いたことあるような……」

『勇者の鞄の、派生スキルではなかったかの？』

それだ！


〜〜〜〜〜〜〜
・勇者の鞄
固有スキル：■《ボックス》
派生スキル：魔物■《モンスターボックス》
魔法■《マジックボックス》
■庭《ハコニワ》
〜〜〜〜〜〜〜

・■庭《ハコニワ》（SSS）
↓異空間を作り出し、そこへ転移するスキル。空間に入れるのはスキル使用者と、使用者が許可した者のみ。
※許可しない者は外からは絶対に入ることもできないし、この異空間を破壊することも不可能。
※■庭《ハコニワ》発動中、聖武具は別空間に収納される。

「カバンの中に、もう一つの世界があって、そこに入ることができる……ってスキルってこと？」

『なんという、凄まじいスキルじゃ……。セーフゾーンを持ち歩けるようなものじゃないか！』

「セーフゾーン？」

『ダンジョン内部にある、モンスターの入れぬ特殊な部屋のことじゃ』

たしかに、この■庭内《ハコニワ》には、僕と僕が許可した者しか入れない。

魔物が入ることなんてできない、安全な空間に、いつでも入ることができる……。

「あれ、このスキル、結構やばい？」

『結構どころではないのじゃ！　破格！　規格外じゃ！』

へぇ、そっかぁ。ラッキーだなぁ。

ややあって。

『次は何をするのじゃ？』

「安全な空間が手に入ったから、外の魔物がいなくなるまで、しばらくここで休憩しようかな」

待ってる間暇なので、僕はさっき手に入れた黒炎蜥蜴《ブラック・サラマンダー》を、解体することにした。

『■庭内《ハコニワ》で、聖武具は使えるのかの？』

「あ、たしかに……。今手元にカバンないや」

ぽんっ。

「わ！　念じたら黒炎蜥蜴《ブラック・サラマンダー》の死骸が、急に出てきた！」

つんつん……と僕とスぺさんは、黒炎蜥蜴《ブラック・サラマンダー》の死骸をつつく。

「どういう仕組みなんだろ？」

『考えるに、聖武具の内部と、この空間は繋がっているのではないか？』

「なるほど……。■庭《ハコニワ》内部でも、聖武具に収納したモノを自由に取り出せるってことか」

試しに、他の聖武具を取り出したいと念じてみた。

すると、普通に鍋や短剣など、廃棄勇者から借りてる聖武具を、手元に出すことができた。

カバン……すごい。

色々できそうだ。

「とりあえず黒炎蜥蜴《ブラック・サラマンダー》を解体しよ！」

僕は解体スキルを発動する。

ボンッ……！

一瞬で黒炎蜥蜴《ブラック・サラマンダー》が、別のモノに変わったぞ。

・黒炎蜥蜴《ブラック・サラマンダー》の最高級皮
・黒炎蜥蜴《ブラック・サラマンダー》の最高級牙
・黒炎蜥蜴《ブラック・サラマンダー》の最高級肉
・黒炎蜥蜴《ブラック・サラマンダー》の火噴き袋

「わ、アイテムいっぱいだ！」

『麻酔針で仕留めた影響も、なさそうじゃのう。皮も肉も品質が落ちておらんわい』

解体スキルを使えば、死骸の状態を無視して、完全な状態の素材に変換可能ってことかぁ。

へー……。スキルってすごいなぁ。不思議だなぁ。

『いやケースケ……おぬし、もっと驚くべきところじゃぞここ？』

「そうなの？」

『うむ。魔物の解体というのは、難しく、また時間のかかる作業なのじゃ』

そうだよね。ゲームみたく、倒したモンスターから自動でアイテムがドロップするわけじゃない。

「こんな便利なスキルを授けてくださって、ありがとう。短剣さん」

このスキル（聖武具）の元々の所有者、短剣の勇者さんに、僕は深く感謝する。

『おぬし……やはり変わってるの』

「あはは、姉ちゃんからもよく言われたよ。『あんたは変』って」

『いや言い方……』

さて、素材をゲットした僕。

これで外に出たとき、換金できるぞ。

「この解体してできたアイテムって、どうすればいいかな？」

『念じてみれば、収納されるのではないかの？』

やってみたら、たしかにアイテムがいずこへと消えた。

多分、勇者の鞄の中に収納されたんだろう。

『む？　ケースケよ。黒炎蜥蜴《ブラック・サラマンダー》の肉はしまわないのか？』
「うん、料理に使おうかな。お腹減ったし」
うへえ……とスペさんが顔をゆがめる。
『ケースケよ……やめておけ。魔物の肉はあまり美味しくないのじゃ……』
「そうなの？　最高級のお肉って書いてあったけど」
『我は好かん』
うーん……ホントに美味しくないみたい。
でも、僕は気になる。
牛や豚と違って、サラマンダーのお肉ですよ？
現代日本じゃ絶対に食べれないんだよ。これぞファンタジーって食品なんだから……。
興味、ありありです。
「じゃあ僕、このお肉使って料理してみるね」
『好きにするがよい。我は菓子パンを所望するのじゃ』
カバンに入っていた菓子パンを、スペさんに渡す。
僕は改めて、鍋を見やる。
このお鍋には調理スキルがついてる。

・調理（最上級）（ＳＳＳ）

↓食材、料理道具がそろっていれば、どんな料理でも、瞬く間に作ることができる。

僕あんまり料理得意じゃないから助かるぅ。

「食材と料理道具は自前で用意しなきゃなんだね。じゃあ取り寄せカバンスキルで、必要なものをそろえてっと」

『なんじゃ、この妙な魔道具は？』
■庭《ハコニワ》の中でも、現実からモノを取り寄せることが可能だった（お金は必要だけど）。
僕が日本から取り寄せたものに、スペさんは興味を示したようだ。

「魔道具じゃないよ。これは、カセットコンロ」

『かせっとこんろ……？』

どうやらこっちでは、ないアイテムのようだ。

あ、そっか。

日本のグッズって、こっちには存在しないんだ（包丁とか、食材とか、こっちでもありそうなものは別）。

あんまり、人目につくところでは、日本のグッズは取り寄せないでおこう。

「料理道具、そして食材取り寄せ完了！」

ちなみに、取り寄せたのは……。

カセットコンロ、ミネラルウォーター、包丁、まな板。

にんじん、じゃがいも、カレールー。そして……お米（パックご飯）！

『何を作るつもりなのじゃ？』

「無難にカレーライスを」

『かりー？』

「カレー。まあ見てて、美味しいから」

『魔物の肉を使って、美味しい料理ができるわけないのじゃ。菓子パンこそ至高なのじゃ』

よし、じゃあさっそく……。

「【調理】スキル、発動！」

トトトトトッ！

じゅ～～～～～！

ぐつぐつぐつ……！

「完成！　って、早ぁ……！」

まじで一瞬で料理できちゃったよ。

調理スキル（最上級）ほんと便利ぃ。

鍋の勇者さん、ほんとにありがとう。

『な、なんじゃ……この良い香り……』

すんすん、とスペさんが鼻をひくつかせる。

「お、気になっちゃう？」

『うぐうぅ……』

「一口だけでいいから、食べてみない？」

『し、しかたないのぅ。友がどーしても食べろというのなら、食べてやってもよいぞぉ？』

素直じゃないんだから。ふふふー。

さて、使い捨ての紙の器を取り寄せる。

お米は、パックご飯を取り寄せた。

加温スキル（鍋さんの派生スキル）で、ご飯を温める。

・加温（S）
↓触れた物体の温度を瞬時に上昇させる。温度に上限はない。


これがあれば電子レンジ要らずだよ。

わー、やっぱり便利、聖武具のスキル！

「さ、スペさん。カレーだよ。食べてごらん」

僕はカレーの入った器を、スペさんの前に持っていく。

子犬状態のスペさんは、ふんふん……と匂いを嗅ぐ。

『魔物の肉は美味しくないんじゃが……ええい、ままよ！』

ぱくっ。

もぐもぐ……。
『うっ！』
「う？」
『ウォオオオオオオオオオオオオオオオオオオオオオオン！』
スペさんが、フェンリル姿になった！
そして吠えた！
「ど、どう？」
『ガツガツガツガツガツ！』
ふふふ、美味しいみたいだね。
僕も一口……ぱくんっ。
……うん！
美味しい！
ただのカレーなんだけど、ちょー美味ぃ！
それにお肉！
すっごいジューシー！
全然筋張ってないし、わ、すご……うまぁい！
『な、なぁ……ケースケぇ。おかわり～』
「えー、魔物の肉は美味しくないんじゃなかったの～？」

『前言撤回じゃ！　すまなかった！　ケースケの作ったカレーは美味いんじゃあ！』

「よろしい。いっぱいあるから、いっぱい食べてね」

『わほーい！』

そんで僕らはそろって、カレーを食べた。

結構たくさん作ったんだけど、お鍋の中にあったカレー、全部なくなっちゃった。

『しかしトンデモなく美味かったのじゃ。なんだか、体の調子も良くなった気がするのじゃ』

「そう？」

『うむ。力がみなぎるのじゃぁ！』

お腹いっぱいになったからかなぁ。

何にせよ、安全地帯で、こうしてのんびりご飯が食べれてる。

聖武具のおかげである。ほんと、感謝感謝だよ。

☆

勇者の鞄のスキル、■庭《ハコニワ》（異空間）の中にて。

『ケースケ～。カレーもっとぉ。もぉっと食べたいんじゃぁ～♡』

魔王スペさん（※子犬姿）が、僕の足にしがみついておねだりしてくる。

「もうないよ、カレー。てゆーか、食べすぎ」

今後のことを見越して、僕はカレーを余分に作っておいた（お鍋三つ分）。

しかし、スペさんはそのすべてを、ぺろっと食べてしまったのだ！

『そこを何とか！　もういっぱいだけ～』

「だーめ。カレー作るのにお金かかるんだから」

カセットコンロなどの日用品に加えて、カレーの材料をたくさん買った。

結果……。

「もう所持金が一五〇万円（※一五万ゴールド）しかないんだから」

『まだそんなにあるじゃないか！』

「だめ。だってこれから脱出するまでに、あと二～三か月はかかるんでしょ？　お金は節約しなきゃだし」

まあ普通に考えて、一か月あたり（三か月で脱出できると想定して）、五〇万円使えるって考えると、余裕はなくはない。

が、スペさんはこんな小さくともフェンリル、大食漢だ（女の子らしいけど）。

財布のひもを締めておかないと、あっという間に、お金がなくなっちゃう。

節約しなきゃだ。

『我慢するのじゃ……菓子パンで』

「まだ食べるの……？」

『うむ！　おぬしの世界の食べ物は、ものすごく美味しいからのぅ！　ここの世界のメシときたら、冷たいし、味があんまないし、正直まずいのじゃ』

ふーん……料理については、現代日本より遅れてるんだ。

ん？　じゃあ、美味しいご飯を売れば、結構儲《もう》かる……？

まあ、商売するにしても、ここを出ないとだね。

「では、脱出しますかな」

『ミラーサイトで外の様子を確認しておいたほうがよいじゃろう』

「あ、そっか。[redacted]庭《ハコニワ》の外には、大量の魔物がいるんだっけ」

『そうじゃ。ミラーサイトで鏡をつくり、片方だけを外に出すのじゃ』

僕はスペさんのアイディアを採用する。

鏡の勇者さんの固有スキル、ミラーサイトを発動。

聖武具である鏡を出して、それだけを外の世界に出す。

外の様子が鏡に映る。

「わ……！　まだ魔物いるぅ」

『こやつらは、大灰狼《グレート・ハウンド》じゃな。群れで行動する、狼型のモンスターじゃ。敵をどこまでも追いかけ回す厄介なやつじゃよ』

鏡に映っているのは、石みたいに硬そうな毛皮をした、大きな狼たちだ。

近くの大きめな岩と、同じくらいの体高がある。

これが何十四も周囲をうろついてるのだ。

このまま出て行ったら、多分僕は一瞬で骨までしゃぶり尽くされちゃうだろう。

「このまま大灰狼《グレート・ハウンド》がいなくなるのを、待つ？」

『だめじゃな。彼奴《きゃつ》らは執念深い。一度獲物と決めたものを、捕食するまでは延々と追いかけてくるぞ』

うーん……じゃあやっつけないとだ。

でもこんなたくさんの敵に、三六〇度囲われてる状況で、戦闘なんてできるだろうか……。

『やっと、我の出番のようじゃなっ』

「スペさん……まさか、やっつけてくれるの、こいつら？」

『うむ！　今の我は、ケースケのカレーをたらふく食べて元気いっぱいじゃ！　食後の運動がてら、やつらめを蹴散らしてしんぜよう！』

他に、どうにかできる手立てはない……か。

うん。

「わかった。スペさんよろしく」

『うむ！　そ、その代わり〜。全員倒したら、美味しいものを〜』

「わかったわかった」

『おほー！　よぉうし！　行ってくる！　ケースケはここにおるのじゃよ、外は危ないからの！』

「わかった。いってらっしゃい、スペさん」

スペさんだけが、シュンッ、と姿を消す。

僕はミラーサイトで外の様子をうかがう……。

って！

『なんじゃこりゃあああああああああああああ!?』

外に出たスペさんが、声を思わず張り上げていた。

そこにいたのは……。

『我……デケエエエエエエエエエ！』

「わ、すっご……スペさんって、こんなに大きくなれるんだねえ」

最初に出会ったとき、スペさんは三～四メートルくらいの大きさだった。

でも今は……それよりもっともっと！　大きくなってる！

大灰狼《グレート・ハウンド》が、岩と同じくらい（一五〇センチ）だ。

その大灰狼《グレート・ハウンド》が、まるでお人形に見えるくらい……。

今のスペさんは、デカい！

「おおぉー。これがスペさん本来の姿かぁ～。すげー。一五メートルくらいあるのかなぁ。狼の一〇倍くらいでっかいし」

『どうなっとんじゃぁ！』

これなら、スペさん余裕でしょう！

さすが魔王様！

「いけー、スペさん！」

『うぉおお！　なんかわからんが、やってやらぁあああああ！』
スペさんが一歩、踏み出す。
ぐしゃっ！
あ、もう五匹くらい、大灰狼《グレート・ハウンド》が死んじゃった。
スペさんは特別なことをしない。
ただ追いかけ回すだけ。
巨象がアリを潰すように、スペさんが狼たちを次々倒していく。
五分後。
僕は[redacted]庭《ハコニワ》から出て、スペさんの元へ向かう。
「わ！　近くで見ると、やっぱりおっきぃ～」
くそでかフェンリルを見上げながら、僕は言う。
下から見上げると、彼女の大きさがよくわかる。
「スペさーん！　おーい！　おつかれー！」
彼女は伏せ、状態になり、顔を近づけてきた。
『どうなっとるんじゃこれは……!?』
え、何に驚いてるんだろう……？
「どうしたの？」
『いや我のこのでっかい姿を見てなんとも思わないのかの!?』

「？　それが本来の姿じゃないの？」

『違うのじゃ！　おぬしと出会ったあの姿！　あれこそ真の姿じゃ！』

……え？

てことは……。

「なんでそんな大きくなってるの？」

『わからんってゆーとるじゃろうが！』

「そっかぁ～。どうしちゃったんだろうね」

『ううん、わからん……我にこんな巨大化する力はないんじゃ……』

「心当たりは？」

『……まさか。ケースケ！　我を鑑定するのじゃ！』

「わかった。鑑定！」

～～～～～～
フェンリル（SSS）
【スキル】
高慢の権能、大魔王、狼王、魔神の加護
【状態】
魔力上昇、体力上昇、攻撃力上昇、魔法攻撃力上昇

〜〜〜〜〜〜


『魔物を鑑定すると、そやつのステータスが表示される。ランクや、所有するスキルがわかる。そのほか、魔物の状態も表示されておるはずじゃ』

「うん……なんか、魔力とか体力とか、色々上昇してるみたい」

『やはりな……。ケースケよ、さっきのカレーの残りはあるかの？』

「？　あるけど」

『調べてみるのじゃ』

カバンから、■《ボックス》に入れておいた、カレー（器に小分けして収納しておいた）を取り出す。

「カレーを、鑑定」


〜〜〜〜〜〜〜
・勇者カレー
→勇者の作った特別なカレー。魔力上昇、体力上昇、攻撃力上昇、魔法攻撃力上昇効果
〜〜〜〜〜〜〜


「へぇ〜。食べ物にバフの効果なんてあるんだぁ……って、どうしたの、スペさん？」

『あのなぁ、ケースケよ。食べ物にバフ効果なんて、普通、ないのじゃ！』

「え？　そうなの？」

ゲームとかだと、料理を食べると、ステータスがアップするみたいなのは、普通にあった気がするんだけど……。

『スキルには魔力が付与されておる。スキルを使って料理することで、その料理にも勇者の魔力が宿るのじゃろう。で、それを食べることで、能力を向上させた……と』

「へえ〜。料理でステータスを上げることができるんだぁ。すごい、ファンタジーだなぁ」

『いやケースケよ……もっとな、もっと驚いてええんじゃよ？　これは本当にすごいことなのじゃ』

「そーなの？」

『そーなのじゃ！』

でも具体的にどうすごいのかわからないしなぁ。

『まあ、鑑定スキル持ちはこの世界には少ないからの。おぬしの料理にバフ効果があることは、気づかれんじゃろう』

「え、鑑定持ちって少ないの？　なんで？」

『鑑定スキルは、召喚勇者の固有スキルじゃからな』

あ、そっか。

ワルージョが言っていたっけ。鑑定、アイテムボックス、聖武具は、三種の神器だって。

そっか、どれも勇者固有の力なんだ。

なら、安心か。外でこの料理を鑑定され、大騒ぎみたいなことにはならないね。

『しかし……食べすぎたのじゃ。体に力がありあまっておる……今も……ぜんぜん……』

ぶるぶるぶるぶる……とスペさんの体が震え出す。

「え、なに？　どうしたの？」

『ま、まずい……！　おぬしから注がれた魔力量が、多すぎて、我の体の中で暴れ回っておる！』

え、なになに？

どういうこと？

『このままでは体が破裂してしまうのじゃ！』

「こわっ！　え、どうすればいいの？」

『魔力を放出する！　おぬしは■庭《ハコニワ》に待避しておれ！』

言われるがまま、僕は■庭《ハコニワ》に一度移動。

『うう～～～～……』

スペさんが上を向いて、口を開く。

コォオオオオオオ………。

「え？　スペさん？　何するの……？」

『魔力を体外に放出する……！』

口を大きく開き、天を仰ぎ、スペさんは……。

『ふぁいあ――――！』

ビゴォオオオオオオオオオオオオオオオオオオオオオオオオオオオオオオオオオオオオオ

オ！

「え――――!?　ビームぅう!?」

スペさんの口から、ビームが発射された。

それは迷宮の天井を、容易くぶち抜く！

光の柱は天へとぐんぐんと伸びていく。

やがて……。

スペさんは子犬姿に戻った。

「だ、大丈夫？」

僕は■庭《ハコニワ》の外に出て、スペさんの元へ駆け寄る。

『うむ……魔力、いっぱい出たのじゃ……』

「お、お疲れ……」

『まさか、勇者《おぬし》の料理に、あれほどまでの膨大な魔力が込められておるとはな……。すごすぎるのじゃ……』

料理にそんなに魔力が含まれてたんだ……。

「余計に、食べすぎちゃだめだよ。これからは」

『はーい……』

僕は天井を見上げる。

わぁ。天井に穴が空いてるや。

『なんということじゃ……！　迷宮の天井に、穴が空いておる!?』

え、これのどこが驚くことなんだろう……？

『迷宮の壁や天井は、破壊不能オブジェクトといって、文字通り破壊することができぬ仕組みとなってるのじゃ！』

「え、でもスペさん破壊したじゃん」

『うむ……。本来は無理なのじゃ。おそらく、おぬしの料理が原因じゃろう』

また僕ですかぁ？

『おぬしの料理には、攻撃力上昇バフがついておったからな』

「攻撃力がちょっと上がったくらいで、壁って破壊できるものなの？」

『いや……普通は無理じゃ。勇者の料理、魔王の力、二つが合わさった結果じゃろうなぁ』

……うん。

今わかったよ。

「スペさん、料理、しばらく食べるの禁止！」

『しょんなぁ〜〜〜〜〜！』

「だって危ないもん」

『ふぇ────ん！』

しかし、さっきのビームすごかったなぁ。

天井に穴が空いたけど……一体天井を、いくつぶち抜いたんだろう……？

って、あれ？

「待てよ……これ、ひょっとして……ショートカットできるんじゃ……？」

そうだよ、一階層ずつ上がらなくても、今天井に穴が空いてるんだ、ここから空を飛んでいけば、ダンジョンをショートカットできるじゃん！

「たしか、靴さんの聖武具に、空を歩くスキルあったよね」

・勇者の靴
固有スキル：ウォーキング
派生スキル：空歩、縮地

・空歩（SS）
→空中に空気の足場を作り、歩行を可能とする。

「よし、スペさん、この穴を通って、上に行こう！　近道だ！」
『のぅケースケぇ、料理ぃ～。食べたーい』
「わかったよ、でも、食べすぎはだめね」
『わーい！』

第二章

僕の料理で巨大化したスぺさん。

スぺさんレーザーによって、天井に大穴が空いた。

僕は空を歩くスキル、空歩を使って、迷宮をショートカットすることにした。

「ほっ、ほっ、よっと」

靴の勇者さんの派生スキル、空歩。

透明な空気ブロックが足下に生成され、それを足場にできるスキルだ。

階段を上るように、僕は上を目指して歩いて行く。

どんどん歩く。

上へ上へ……。

やがて……。

「よいしょっと。わ、なんだこの階層……！　真っ暗だ……」

『うむ……変じゃの。ダンジョン内の壁や床は、淡く発光してるはずじゃ。しかしここは……本当に真っ暗じゃ』

ダンジョン内は、地面がぼんやりと光ってて、周りを見渡すことができたのに……。

ここには、どこまでも続く闇が広がっていた。

「わ！　地面の穴がふさがっちゃった」

『む！　むむむ！　この……魔力は……？』

「スペさん？　なんか、いるの？」

スペさんの魔力感知に、何か引っかかったのかな？

『……ケースケよ。ここに、勇者がおるぞ』

「！　勇者が……！　いるって……え、生きてるの？」

『うむ……おそらく』

おそらく……？

なんだか、歯切れが悪い答えだなぁ。

でも……生きてる勇者！

オタクさんたちを除いて、生きてる勇者に会うのって初めてだ！

ちょっとワクワクする！

「スペさん、その人どこにいるの？　この部屋？　階層？　真っ暗でなんも見えないから、案内してよ！」

『…………』

「スペさん？」

彼女はしばしの間黙って、何かを考えてるようだった。

でも……。

『ケースケよ。おぬしは、同胞に会いたいか？』

「うん！　そりゃもちろん！」

『そうか。わかった。主であり、友である、おぬしの頼みじゃ。過去の遺恨は水に流すとしよう』

……？

よくわからないけど、スペさんは僕を、勇者の元へ案内してくれるようだ。

スペさんに指示された方角に進んでいく。

魔力感知を使えば、真っ暗闇の中でも、物や人の位置がわかるんだって（モノも人も魔力が含まれてるからって）。

『ここはどうやら、部屋の中のようじゃ。それも、一般人では決して入れない』

「そんなことまでわかるんだ」

『うむ、魔力感知を使えばな』

「へぇ、あれでもなんで僕らは入れたの？」

『我のビームで穴を空けたからじゃろうな』

「なるほど、我ビームすごい」

『いや名前……まあよいがの』

ほどなくして……。

「ん？　なにあれ……？　大きな……箱……？」

遠くに、巨大な、青白く光る箱が見えてきた。

『あそこにおるぞ』

「ふーん……人影らしきものは見当たらないけど……」

巨大な光る箱へと近づく僕たち。

やがて……。

「わぁ……ほんとにおっきいなぁ、この箱……」

箱は四～五メートルくらいあった。

何だろうこの箱……？

「に……ほんご……？」

どこからか、女性の声が聞こえてきた。

スペさんとも違う、かすれきった声。

まさか……勇者さんの声！

「あのぉ！　どなたかいるんですかぁ！」

すると……。

「やっぱり！　日本語！　ここ……ここよ！　わたしは……ここにいるよ！」

声が鮮明に聞こえてきた。

やっぱり勇者さんここにいるんだ！

光る箱の、後ろ側から声が聞こえてきた。

僕はそこへ行って……。

「え……？　が、ガイコツ……？」

……なんと、そこには、人間のガイコツが、箱の面からにょきっと生えていたのだ。

上半身が箱から出ている。

下半身、そして両腕が、箱の中に入っているような状態。

「ああ！　やっぱり！　人間！　あなた……日本人ね！」

かたかたかたかた……とガイコツが、動く！

あわ……あわわわわ……。

「あ、やっぱり……そうよね。こんな姿じゃ……恐《こわ》いよね……」

「ど、」

「ど？」

「ど、どうやって、しゃべってんですか……？」

……。

…………。

…………。

「えっと……わたしが恐くないの？　君……？」

「え、あ、はい。それより、そんな骨しかないのに、どうやってしゃべってるのかなって。声帯とかないですよね？」

それでしゃべるって……す、すごい……！

「わたしの聖武具の力だよ。わたしのは、他の聖武具とリンクさせて、その聖武具の所有者に念話を送ることができるの」

「念話！　す、すげえ……！」

テレパシーだ！

超能力だ！　かっこいい！

「い、いやあのさ……君……このガイコツ姿のわたしを見て、恐いとか、気持ち悪い、とか思わないの？」

「？　全然。テレパシー少女だなんて、かっこいいなぁとは思いましたけど」

しばし、沈黙があった。

やがて……。

「ぷっ！　あはははっ！」

勇者さんが突然笑い出す。

「あははは！　おっかしぃ。君……そうとう変わってるね」

「姉ちゃんからも言われました。『あんたあたしの彼氏並みに変』って」

「あはは！　ストレートすぎる……う……うう……ううううう……」

ど、どうしたんだろう……？

「ごめんね……人と話すの、もう随分久しぶりで……。しかも、相手は日本人で……もう二度と、会えないって思っていたから……だから……嬉しくって……涙が……うう……」

ふぅむ……。

なるほど。これは、あれだ。

「いや、その姿じゃ、泣けないでしょう？　ガイコツなんだし」

ぺん、と僕は勇者さんにツッコミを入れる。

『お、おぬし……よくこの雰囲気でツッコミ入れられるな……すごいな逆に……』

今までずっと黙っていた、スペさんが、思わずそう言った。

「！　その声……もしかして、スペルヴィア？」

あれ？

勇者さん、スペさんと知り合いなんだろうか……？

『久しいの、【神眼の大勇者アイ・ミサカ】』

「神眼の大勇者……？　アイ・ミサカ……？」

日本人だろうから、ミサカ・アイさんっていうのかな、この人……。

「え、え、え？　な、なんでスペルヴィアがここに……？」

ミサカさんはちょっと、いやだいぶ困惑してる様子が、声から伝わってくる。

『この少年が、おぬしがかけた封印を解いたのじゃ』

「わ、す、すご……君、ほんとすごいね！」

おぬしがかけた封印……？

スペさんを封印してたのは、いにしえの勇者とか言っていたような……。

って、まさか……。

「ミサカさんが、スペさんを封印した勇者なの？」

「そうよ。わたし……【神坂愛《みさかあい》】が、スペルヴィアたちを封じたの」

やっぱり！

そうなんだ……って、え？

「でも、おかしくないですか？　だってスペさん、もう気が遠くなるくらい長く封印されてたって言ってましたけど」

すると、ミサカさんは声のトーンを落として言う。

「わたしね……死ねないの」

「不死……ってことですか？」

「うん。この光る箱……あるでしょ？　これね、呪具なの」

「じゅぐ……？」

「呪いのアイテム。わたしを永遠に、この場所につなぎ止めておく呪いの道具」

永遠につなぎ止めておくって……。

じゃあ、この呪いの箱のせいで、ミサカさんは死ねないってこと!?

「酷い！」

女の子をこんな暗い部屋に、気が遠くなるような時間閉じ込めて！

しかも永遠に死ねないようにしたやつがいるだって？

「誰かがミサカさんを閉じ込めたってことですよね？　誰がそんなことを！」

『……ケースケよ。おぬしならば、わかるだろう？　廃棄勇者である、おぬしならば……？』

スペさんの発言を聞き、僕は、直感する。

いやいや。嘘でしょ……？

「王族……？」

「正解。頭良いね、けーすけくん……」

そんな……。

「ミサカさんの聖武具も、使えないからって、こんな酷い仕打ちを受けるハメになったの？」

『いや、違う。大勇者ミサカの聖武具は、【神眼】。凄まじい力を発揮する、強力な聖武具じゃった』

「神眼……」

魔王であるスペさんが、すごいと評価するんだ。

ホントにすごい聖武具持ちだったんだ……。

「じゃあ、なんで？　封印されるハメになったの？　僕みたいに、ハズレ聖武具持ちじゃないのに」

「…………色々ね、あったんだ」

「色々……」

「うん。七大魔王を封印したり、魔族の戦争を止めたり、人間同士の諍《いさか》いを仲裁したり……。平和のために、頑張ったんだけど……なぁ……」

……どうやら、いっぱい頑張ったのに、王族にここに封印されてしまったようだ。

……僕には、さっぱり理解できない。

なんでミサカさんは頑張ったのに、こんな仕打ちを受けなきゃいけないんだ！

『平和になったからこそ、勇者は邪魔になったのじゃろうな』

「そんな……あんまりだよ」

ポタポタ……

「……君、泣いてるの？」

気づけば、僕の頬を涙が流れていた。

「そっか……ありがとう。わたしのために泣いてくれて……嬉しいな」

ミサカさんは、ガイコツだから、普通の人間みたいに笑顔を作ることができない。

笑うことも、泣くことも、美味しいご飯を食べることも、できない。

異世界のこの地に、永遠に、独りぼっち……。

そんなのだめだ！

「ミサカさん！　僕が君を、ここから連れ出してあげます！」

「！　できるの……そんなこと……？」

「はい！」

勇者の鞄で、魔王の封印を、解くことができたんだ。

なら……勇者の封印だって、きっと解ける！

いや、絶対解ける！　一〇〇パーセント、絶対！

『……安心せよ、大勇者ミサカ。この少年は……すごい子じゃ』

ミサカさんは少し黙ったあと、こくんとうなずいた。

「わかったわ。お願い……ここから連れ出して！」

「はい！　いくぞぉお！　収納！」

僕は勇者の鞄を、ガバッと開く。

ヒュゴォオオオオオオオオオオオオオオオオオオオ！

僕はまず、あの封印の呪具ごと、ミサカさんを収納！

スペさんのときの失敗を踏まえて、封印してるアイテムごと収納！

『【久遠封縛《くおんふうばく》の匣《はこ》】を収納しますか？』

よし！

呪具を収納できた！

「あとは、ミサカさんだけを取り出して……」

しーん……。

あ、あれ……!?

「ミサカさんだけを、取り出せないよぉ！」

『やはりな。さっきの世界の声《アナウンス》では、【アイ・ミサカを収納しました】ってならなかったじゃろう？　我のときみたいに』

はっ！

そ、そうだ……。

スペさんのときは、絶対結界、そしてスペルヴィアを収納したって、アナウンスがあった！

でも……今回は、ミサカさんを封印してる、呪具だけしか収納できなかった……。

「どうして……？」

『呪いのせいじゃろうな』

あの箱の呪いが強すぎて、肉体と呪具を分離できない……ってことか。

くそっ……！

……僕は一旦、呪具を取り出す。

「ごめん、ミサカさん……呪具は収納できたんだけど、君は取り出せ……」

「ぐす……うう……わあああああん！　ありがとぉ！」

え？

あ、ありがとう……？

「ど、どういうこと……ミサカさん……？」

「今ね、君のカバンの……中に、呪具ごと入ったとき……わたしね、眠ることができたの！」

……どういうことだろう？

『まさか、大勇者ミサカよ。おぬし……封印されてから今日まで、眠ることもできなかったのか？』

!?

な、なんだって……!?

じゃあ……ミサカさんは今までずっと、ひとり孤独に、眠ることも死ぬこともできない状態でい続けた……ってこと⁉

……ふざけるなよ、王族！

こんな仕打ち……酷すぎるでしょ！

「うん……でもね、君のカバンの中に入ったら、痛みも、苦しみも、孤独も……何もかもを感じず、眠ることができたの……」

「ミサカさん……」

「ねえ、けーすけくん。わたしを、呪具ごと君のカバンに入れてくれないかな？」

このカバンの中に入れれば、ミサカさんは、永遠の苦しみから一時解放される……。

一時……だけ……。

「わかった。でも、僕はミサカさんを解放すること、諦めないよ」

「え……？」

「呪いが分離できなかったのは、聖武具のレベルが低かったからだよ！　もっと聖武具を鍛えれば、きっと……！　あなたを呪縛から解放できる！」

僕は、たくさんの聖武具を見てきたからわかる。

一見ハズレに見える聖武具も、鍛えれば、すごいことができるんだって！

「ミサカさんをこの勇者の鞄の中に収納して、レベルを上げて、いつかきっと、ミサカさんだけを、取り出してみせます！」

だから、と僕は言う。

「異世界を一緒に、楽しく！　冒険しましょう！」

聞く限りだとミサカさんはずっと苦労してきたみたいだ。

せっかく、楽しいファンタジー世界に来たのに、あんまりだ！

「そしていつかきっと、二人で、お日様の下でご飯食べましょう！」

ミサカさんは「うん……うん！」と何度もうなずく。

「ありがとう……。嬉しい。でもね、君はわたしみたいに、使命感に燃えなくていいよ」

ミサカさんは言う。

「わたしは不死の存在だから。時間は腐るほどあるし、どれだけでも待ってられるよ」

「でも……早く自由になりたいですよね？」

「大丈夫！　何世紀も待ったし、待つのにはなれてるわ！　それに、カバンの中に入ってるときは、眠ってる状態だから、待つのも全然辛くないし」

うーんでもなぁ。

「それより、君に重いモノ背負わせたくないな」

「そっかぁ……」

やるぞ！　と意気込んだけど、でもそれが逆に、ミサカさんに負担を感じさせてしまうようだ。

「じゃあ……ほどほどに頑張ります」

「うん、マイペースに頑張って」

僕らの会話を聞いてた、スペさんが口をはさむ。

『ケースケの場合、歩いたり、ご飯作ったり、カバンにモノを突っ込むだけで、聖武具のレベルが上がるみたいじゃし、他人の聖武具を持ってるからか、人の七倍早く経験値が貯まる。存外早く解放されるかもな』

「そっか……じゃあ、わたしの聖武具も、君に貸してあげる！　おいで！」

ミサカさんの聖武具……。

神眼って言ってたな。

でも、どこにあるんだろう……？

「わたしの右目を覗《のぞ》いてみて」

空洞になってる、右の眼窩《がんか》を覗き込む……。

カッ！

「わ、まぶし……！」

何か強く光った……と思った次の瞬間……。

「って、あつぅう！　右目あつ！」

「はい、神眼を移植したよ」

「移植なんてできるんですね……」

「うん、わたしの聖武具だけできる、特殊能力！」

・大勇者の神眼
↓勇者を超越する力を持つ神眼。所有者に絶大なる特殊眼力を与える。


勇者を超越する力!?

え、す、すごぉい……！　この目！

「その神眼は、きっと君を守ってくれるよ」

「ありがとうございます……！」

「うん……じゃあ、しばらくお別れだね」

「そうですね……でも、大丈夫です！　またすぐ会えます！」

聖武具がこれで八個になった。

八倍のスピードでレベルが上がっていくのだ。

きっと……このカバンはいつか、ミサカさんの呪縛だけを、収納できるようになる！

「うん、気長に待ってるね。何度も言うけど、あんまり気負っちゃだめよ」

「ふぁい！」

僕はカバンを開けて、呪具ごとミサカさんを収納する。

呪具を収納するか聞かれたので、ＹＥＳと答える。

『条件を達成しました』

『聖武具のレベルが上がりました』

『聖武具のレベルが上がりました』

『聖武具のレベルが上がりました』

ん？

あれ……？

『聖武具のレベルが上がりました』

『聖武具のレベルが上がりました』

『聖武具のレベルが上がりました』……

あ、あれあれ!?

レベルアップが止まらないぞ！

『すごいアイテムを収納したのじゃ、カバンのレベルが上がりまくるのも当然じゃな。我のときもそうじゃったろう？』

「そ、そうだったね……」

『ふふふ、これは、思ったより相当早く、大勇者を解放できそうじゃな』

『【久遠封縛の呪い（レベル1）】を取り出しますか？』

『って、はやぁあああああああああ!?』

スペさんが驚きの声を上げる。

「え、これって……もう呪い、完全に解除できたってこと？」

『いや、部分的に、呪いが解けたようじゃがな』

「部分的？」

『呪いは何重にもなってかかっておるのじゃ』

なるほど、たくさんの呪いという名の鎖が、ミサカさんを縛り付けてるってことか。

その呪いの一端だけを、解除できるようになった、ってこと!?

「ちょ、ちょっとミサカさんの様子見てみよう」

『いやおぬし、空気。あんな感動的な別れをした後に、もう再会って……』

「呪具、取り出し！」

カバンが開き、中から呪いの箱が出てくる。

「え、け、けーすけくん？　どうしたの？」

『!?』

僕も、スペさんも思わず驚いてしまった。

「み、ミサカさん、姿が……」

「姿？」

僕はカバンから、勇者の鏡を取り出して、ミサカさんの前に掲げる。

鏡に映っているのは……。

「ミ、ミイラ!?　ガイコツじゃ、なくなってる！」

そうなのだ。

さっきまでミサカさんは、肉も皮もない、ただの骨だけの状態だった。

でも呪い（レベル1）を取り除いた結果、ミサカさんの外見に変化があった。

しわしわだけど、皮膚と筋肉がある。

髪の毛も、生えている（しわしわだけど）。

『おそらく、呪いの一部を解いた影響じゃろう』

「す、すごい……すごいよけーすけくん！　君、すごすぎるよ！　一部だけど、もう呪い解いちゃうなんてー！」

にこぉ、とミイラ状態にレベルアップしたミサカさんが、笑っている。

そう、笑っているのだ！　よかった……笑えるようになったんだね！

「僕、これからもほどほどに、もっと頑張ります！」

呪いの一部分だけど、こんなに早く解くことができたんだ。

きっと、僕が思うよりずっと早く、解呪できる。そんな予感がした。

『……大勇者を封じるほどの呪いを、一部とはいえ解呪した。今のケースケには、世界最強の解呪の力が宿っておるということか。……聖武具を複数使えてる時点で、尋常でもないし。この子は、ほんとにとんでもないやつかもしれん』

さ、これからも、ほどほどに頑張るぞい！

☆

・大勇者の神眼
固有スキル：神鑑定《かみかんてい》
派生スキル：見切り、超視力、未来視、浄眼、気配探知、暗視、視覚支援、探偵眼《プライベート・アイ》、超透視

「神鑑定……？」

・神鑑定（ＳＳＳ＋）
↓神の力を秘めし最強の鑑定スキル。万物を見通し、見極めることができる。


「なんだかふわっとしたスキルの説明だなぁ。抽象的っていうか」

『じゃが、大勇者は、本当に強かった。我ら【七大魔王】を圧倒し、封印するほどに』

神眼の固有スキル、神鑑定。

どうやら魔王も勇者も超越する、すごい力みたいだ。

さすがミサカさんの聖武具！

すごいなぁ。

『して、ケースケ。これからどうする？』

「まずはこの部屋から、脱出しないとだね」

『そうじゃな。じゃが、真っ暗で出口が見つからんが……』

ん？

真っ暗……？　あれ？

「ねえ、スペさん。部屋の中って、こんなに明るかったっけ？」

『は？　な、何を言ってるのじゃ……真っ暗闇で、何も見えないじゃろ？』

たしかに、この部屋に入ったときは、僕も暗くて何も見えなかった。

でも、今は違う。

「なんか、すごく明るいんだ。まるで、お日様の下にいるかのよう」

『！　なるほど……これが、神眼の力の一つ、ということじゃな』

・暗視（S）

↓光の届かぬ暗所であっても、周囲の様子を視認できる。

暗視は、派生スキルのひとつだ。

神眼の派生スキルは、びっくりするくらい多いのである。

『神眼は万物を見通すすごい目じゃからな』

「これがあれば、暗いところでも、灯《あか》りがなくても進めるんだね！　わぁ、便利！」

ミサカさん……ありがとう。神眼……大切に使わせてもらいます！

僕は周りをぐるりと見渡す。

「あ、あそこに扉があるよ！」

すごい離れたところだけど、壁際に、大きな扉があった。

あれが、本来の出入り口なのだろう。

『み、見えんのじゃ……』

「そっか。スペさんも一緒に見えるといいんだけどね」

そのときである。

『うぉお!?　なんじゃ……周囲が急に明るくなったのじゃ！』

肩の上に乗っているスペさんが、声を張り上げる。

『なるほど……これも神眼の力じゃな』

・視覚支援（SS）
↓神眼スキル発動中、能力を一時的に付与し、仲間の視力を強化する。


『他者の視界にすら影響を与えられるのか……本当にすごいな……』

「でしょ……！」

『いや、すごいと言ったのは、おぬしのことであって……』

「いやいや、だってこの聖武具は、ミサカさんのだし。僕がすごいんじゃなくて、神眼がすごいんだよ」

『いやまあ……たしかにそうじゃが……しかし今神眼はおぬしのものなんじゃから、すごいのはおぬしってことだと思うぞ』

「そっか。でも、僕はそう思わないよ」

ミサカさんの力だもん、これ。

スペさんは『まあおぬしが良いならそれでいいよ』と言った。

さて。

部屋の中を進んでいくと……。

ぐるん！

目が、突然明後日《あさって》の方向を向いた。

『どうしたのじゃ？』

「なんか目が勝手に動いた……。あっちの岩陰、何か光ってない……？」

少し離れたところの岩が、キラキラ光っている。

『うむ……たしかにな。我が様子を見て……』

「行ってみよう！」

僕はキラキラ光る場所へとやってきた。

そこには……。

「宝箱だ！」

『本当じゃ。宝箱は、中にあるアイテムの魔力を隠す術式が込められておる。我の魔力感知でも見つけ出せん』

「じゃあ、宝箱を見つけられたのも、神眼の力ってこと?」
・探偵眼《プライベート・アイ》(SS)
↓隠されているモノを見つけ出す。欲しいアイテムを見つけ出すことも可能。

「この探偵眼《プライベート・アイ》って派生スキルの効果みたいだね」

『なるほど、宝箱には隠蔽の術式が込められてる。じゃからこの力で見つけ出せたのじゃな』

暗視、視覚支援、探偵眼《プライベート・アイ》……。すごいスキル満載だ。

ありがとう……。

僕はパカッ、と蓋を開ける。

「なんだろう、これ。マントと、ブローチ……?」

灰色の目立たない色のマントに、手のひらサイズの琥珀《こはく》がついたブローチが、宝箱の中に入っていた。

「鑑定!」

・変幻自在布(SSS+)
↓大勇者ミサカの所有品。装備すると、効果範囲内にある服を、自分の好きな形にカスタム可能。

(当該アイテム含む)

・修復ブローチ（ＳＳＳ＋）
↓大勇者ミサカの所有品。装備すると、身に着けている服が、破けても自動修復する。


「わ、すごい……便利なアイテムが入ってた。でも、どっちもミサカさんのアイテム？　なんで宝箱に？」

彼女が入れたのかな……？

『迷宮が宝箱に、大勇者の所有物《ドロップアイテム》を、しまったのじゃろう』

「迷宮が？」

『うむ。迷宮は人間が落としたアイテムを回収する習性があるのじゃ。それを宝箱に入れて、迷宮内にランダム配置する』

「なんのために？」

『宝に目がくらんだ、多くの人間を、迷宮におびき寄せるためじゃな。迷宮は生きてると言われておる』

なるほど……生きてる以上、ご飯を食べる必要がある。

ご飯は僕ら……人間……ってことか。

わぁ……迷宮……やばぁ。

「おもしろ！」

『そこは恐い〜……じゃないのかのぅ……』

「え、そう？　怒ったときの姉ちゃんのほうが恐いよ」

『おぬしの姉上は大鬼《オーガ》か何かなのかの……？』

「大鬼《オーガ》？　僕の姉ちゃんは編集者だよ」

『へんしゅーしゃ？』

「うん。神作家の」

『神!?　何者なのじゃ!?』

ややあって。

僕はブレザーを脱いで、ミサカさんのマントとブローチを身に着ける。

マントの効果で、聖武具の見た目も変えることができた。

聖武具を、学生カバンの見た目から、肩掛けの革カバンに変更する。

『やっとまともな服装になったのぅ。さっきまで珍妙な服を着ておったからな』

たしかに異世界人（フェンリル）のスペさんから見ると、学生服＋学生カバン姿の僕は、妙に映っただろう。

『どうして見た目を変えたのじゃ？』

「ミサカさんのマントに、学生服は似合わないかなって」

なんだかミサカさんのマント、いい匂いがするな。

着てると、気分がよくなる。

『ほほぉ～？』

にょにょ、とスぺさんが意地の悪そうな笑みを浮かべる。

「なんだよぅ」

『いいやぁ。うふふ。若いっていいのぅ。青春じゃのぅ』

「なんかムカつく。スぺさんご飯抜き！」

『ぬわぁあああ！　ごめ――――――ん！　ゆるちて～！』

さて。

異世界風ファッションに身を包んだ僕は、スぺさんを引き連れ、部屋の出入り口までやってきた。

「でっかい扉」

『この魔力の感じ、どうやらこの扉は封印がなされておるようじゃ』

また封印か。

ミサカさんをよっぽど外に出したくなかったんだな。王族のやつらめ。

外に出たら一言言ってやらないとだ。

『して、どうする、ケースケよ。我ビームで扉を破壊しようか？　ビームするよ？　ご飯くれるならな！』

このわんちゃん、どうやら僕の手料理をよっぽど食べたいらしい。

ビーム撃つ気まんまんだ。やめれ。

お金に余裕はないんだから。

「神眼の能力を使います」

『え～～～～～～！　ビームは!?』

「だめです。ビームお預け」

『うぅう～』

さて。

僕は神眼の派生スキルを、試してみる。

『して、何を使うのじゃ？』

「透視スキルを使います」

『透視ぃ？　それって物の向こう側を透かして見るスキルじゃろ？　見るだけで、脱出はできないじゃないか』

僕はスキルを発動する。

目から、光が照射され、扉に触れる。

すると、光の当たっている部分が、透けて見えた。

僕はこのまま扉に向かって歩き出す。

『お、おいぶつかるぞ！　透視はただ物が透けて見えるだけで……』

ひょい。

『なんじゃとぉ!?　扉を通り抜けたじゃってえええ!?』

スキルを切ると、扉に空いていた穴が閉まる。

・超透視（ＳＳＳ）
　↓物体に透過効果のある光線を当て、物の向こう側を透かして見るスキル。


「つまり、すけすけビームです」

『やっぱりビームじゃないか！　ズルいのじゃ、ケースケばかりビームして！』

さて。

部屋から出ることができたぞっと。

やっぱりミサカさんの神眼はすごいや。

『大勇者の力はこんなものじゃないぞ。今おぬしが使った力なんて、力の一端に過ぎん』

なるほど……まだまだ、使ってない機能が神眼にはあるのか。

わくわく。

と、そのときだった。

「う！」

『どうした？』

右目が熱くなる。

そして、視界の右半分が、ぶれた。

【わぁあああ！　にげろぉおお！】

【だれかぁあああ！】

【助けてぇえええええ！】

悲鳴。

そして、逃げ惑う人たち。

その背後には、巨大なモンスター。

……視界が、元に戻る。

「今の、なんだろう。人が魔物に襲われるビジョンが見えたんだ」

『それは未来視じゃな。神眼の勇者のオハコじゃ』

・未来視（ＳＳＳ＋）
→未来の情報を視覚によって捉えるスキル。魔力を消費することで数秒先の未来を予知できる。
また、突発的に遠い未来の出来事を予知できる。


未来を予知できるスキルってことか！

すご！　か、か、かっこいい！

『それで、ケースケよ。どんな未来を予知したのじゃ？』

「なんか、冒険者かな？　おっきなモンスターに襲われて、パーティ全滅してた」

『ふむ……。この先に待ち受ける未来を予知したのじゃな。して、どうするのじゃ？』

「うーん……見ちゃった以上、見て見ぬふりはできないかな」

幸いにも、僕が見たビジョンは、未来の出来事。

つまり、まだ起きてないことなのだ。

「未来を変えることができるかもしれない」

『しかしその出来事が、どこで起きるのかわかるのかの？』

「うーん……たしかに。ダンジョンのどこかだとは思うけど……」

するとスペさん、『うぉっほん』と咳払《せきばら》いをする。

なんだなんだ？

『我には魔力感知の力がある。感知の範囲は、魔力を込めることで広げることができるのじゃ』

「！　そうか、魔力感知の範囲を拡大して、人間たちの位置を特定するんだね！」

どこで事件が起きるかは不明だけど、複数人の人間がダンジョン内で襲われるってことはわかる。

ならば、ダンジョン内にいる人間のとこへ行けば、その人たちのとこで事件が起きる！

『しかしなぁ、大量の魔力がなぁ、必要なんじゃなぁ～。ちらちら』

……なるほど。

スペさん、ご飯食べたいんだね……。

「わかったよ。ストックしてるカレー、温めるから、ちょっと待ってて」

『やった――――！　カレー、カレー、カレー♡　ケースケのカレーは世界一～♡』

調子いいんだからまったく……。

☆

『魔力充塡完了じゃ！　いつでも魔力感知、いけるぞ！　けぷ……』
僕の頭の上で、魔王スペさんが元気いっぱいに言う。
ストックしていたカレー、全部食われちゃった……。
お肉がもうなくなっちゃったよ。
次の肉仕入れないとなぁ。
っと、今はそれどころじゃないか。
「じゃあスペさん、位置特定よろしく」
『うむ！　う～～～～～～～～～～～～～……………ハァ！』
スペさんから、何か薄紫色の波……？　みたいなものが発せられた。
なんだろう、この紫色のやつ……？
少なくとも、スペさんと出会ってから今日まで、見たことないものだった。
これは一体……？
『場所を特定できたぞ。ここより上の、五〇階層に、人間たちはおるぞ』
「五〇……随分と浅いところにいるんだね」
僕がいたの二五〇階層だし。

はっ、浅い階層にいるってことは……。

低ランクの冒険者なのかな？

二五〇階層あるダンジョンの、たった1／5（二〇％）しか突破できない程度なんだもんね！

「すぐ行こう、スペさん」

『急ぎじゃな！　よし、我が本来の姿なり、ビームを……』

「ビームは結構。僕を乗せて上に飛んで！」

『う、うむ……ビームは……？』

「人に当たっちゃうかもしれないでしょ！」

『うう～……カレーちゃんすがぁ……』

ま、まだ食べようとしてたのか……。

食い意地張りすぎてない……？

「スペさん、フェンリル！　はりーあっぷ！」

『わかったのじゃ、変身！』

ぽんっ！

スペさんがフェンリル姿（三～四メートルの巨大狼）となる。

僕はジャンプして、彼女の背中に乗っかる。

スペさんのこの姿は、魔力を結構消費する。

だから、あんまりこの姿になってほしくない（魔力補給のための料理に、お金かかるから）。

「ＧＯ！」

『わおーーーーーん！』

ぐぐっ、とスペさんが体を縮めて、びょんっ！　と勢いよくジャンプ！

僕はスペさんの毛皮をぎゅっと摑む。

そうしないと、振り落とされてしまいそうだ。

『ケースケよ！　天井が近づいてきたぞ！　どうするのじゃ！』

「【超透視】！」

目からすけすけビームが出る。

壁をすり抜けることができたんだ、天井だって……。

するぅうん！

「よし、成功！　このままどんどん登っていって！」

『任せるのじゃ、ケースケ！』

超透視＋スペさんのジャンプ力が加わり、僕らはものすごいスピードで、階層を駆け抜けていった。

一直線に、僕らは迷宮を上へ上へと駆けていく。

迷宮はきっと、こんなふうにショートカットしていくことを、想定してなかっただろう。

ややあって。

『五〇階層に到着するのじゃ！』

びょんっ！　と天井をすり抜け、フェンリルが着地。

「「「え!?」」」

僕らの前に、三人組の男女がいた。

彼らは僕らを見て、ぎょっ、と目を剝いてる。

よかった生きてるみたいだ。

ポンッ!

『だめじゃぁ～。ケースケぇ……おなかしゅいたぁ～……』

スペさんが子犬姿へと戻る。

フェンリル姿は思った以上に燃費が悪いみたいだ。

でもここまで頑張ってくれた彼女に、僕は感謝する。

「ありがとう。ちょっと休んでて。はい菓子パン」

『おほー♡　菓子パンもちゃもちゃ～♡』

スペさんを肩に乗っけて、僕は冒険者さんたちを見やる。

「こんにちは!」

「「「は?　え……?　え?」」」

あれ、返事が返ってこないや。

どうしちゃったんだろ。

まあ、注意を促しておこう。

「このあたり、危ないですよ。ヤバい魔物がいるみたいなんで……」

「「いやいやいや！　後ろ！　後ろぉ！」」

後ろ？

ドゴォオオオオオオオオオオオオオオオオオン！

「ぎゃー！　子供が死んだぁ！」

「上位《エルダー》ミノタウロスの強烈な一撃を、頭からもろに食らったんだ……」

「今頃ミンチだろう……なんと、可哀想に……」

ええっと……。

「生きてますけど？」

「「なにぃいいいいいいいいいいいいいいいいいい!?」」

いきなりびっくりしたなぁ。

なんか急に大きな音がしたんだもん。

「き、君ぃ！」

鎧《よろい》を着込んだ、大柄な男の人が、僕を見て言う。

腰に剣をつけてるから、剣士さんかな。

「な、なんともないのかい……？」

「あ、はい。なんとも」

「え、ええー……あの一撃食らって生きてるなんて、あり得ない……。き、きっと上位《エルダー》ミノタウロスが、攻撃を外したんだな……うん……」

えるだー？

ミノタウロス……？

振り返ってみると……。

「ＢＵＭＯＯＯＯＯＯＯＯＯＯＯＯＯＯＯＯＯＯＯＯＯＯＯＯ！」

見上げるとそこに、一〇メートルくらいの、牛頭の巨人がいた。

全体の見た目は、毛深い牛って感じ。

上半身、下半身はボディビルダーみたいに筋肉ムッキムキだ。

体は牛って言うより、人間に近いかも。

一番変なのは、腕が四本生えていること！

『上位《エルダー》ミノタウロスじゃな』

もちゃもちゃと、菓子パンを頬張りながら、スペさんが言う。

「スペさんより、強いの？」

『そんなわけなかろう！　こんなの、我に比べたら子猫のようなもんじゃ！　牛だけども！』

そっかぁ。

スペさんより弱いんだもんね。そんなに、強い魔物じゃないな！

「ちょ、ちょっと君！　危ないわ！」

女の冒険者が僕に向かって叫ぶ。

金髪に、長い耳……長い耳！

もしかして……エルフ!?

魔法の杖《つえ》持ってるし、わ、わ、エルフだ！

生エルフだ！

ファンタジーだ！　すごぉい……。

「後ろぉ！　ミノが斧《おの》ふりかざしてるわよぉお！」

ん？

あ、ほんとだ。牛さん、斧持っているや。

斧を振りかぶって、僕に向かって、振り下ろす……。

「ぎゃあああああ！　今度こそ死んだぁ……！」

斧が僕に向かって……。

ゆっくりと襲いかかる。
・・・
「あれ？　なんか……動きちょーゆっくり……？」

ゆっくり、ゆう〜〜〜〜っくりと、牛さんが斧を振り下ろしてくる。

えっと……なにこれ？

ほんとに、ゆっくり動いてる。

ハエが止まってしまうんじゃないかってくらいの遅さだ。

こんなにスピードがないなんて。

なーんだ、やっぱり弱い魔物じゃないか（※↑神眼の超動体視力のおかげで、敵がゆっくりに動いてるように見えてるだけ。実際は超スピード）。

ゆっくりと振り下ろされる斧を、僕は余裕でかわす。

ひょいっと。

ズッド――――――――ン！

「ＢＵＢＯぉ……!?」

「「「えええええぇ!?　何今の神回避ぃ!?」」」

神回避って……。

大げさだなぁ。

敵がゆっくりと動いてるんだから、避《よ》けるのなんて、簡単じゃないか。

この程度で神とか……。

あ、そっか。

能力の低い冒険者《あの人》たちからすれば、今の動きも、すごいって見えてるんだなぁ。

「信じらんねー……。なんだあの動き！　早すぎて目で追えなかった！　武術の達人かよ！」

三人組の最後の一人は、やたらと身長が低かった。

もしかして……ハーフフット？

たしか人間より身長が低いけど、手先が器用だったり、魔法に対して高い適性があったりする種族って……。

うぉお！　すっごい！

エルフにハーフフットだなんて！　ファンタジーてんこもりじゃん！

「もっと近くでじっくり見たい……」

「ＢＵＢＯＯＯＯＯＯＯＯＯ！」

ああもう、牛さんがうるさいなぁ。

「背負っていた斧を取り出した！　四本の腕に斧を装備したぞ！」

「本気を出してきたの!?」

「やべえ！　おいガキ、にげろぉお！」

いやいや……。

逃げる？　なんでだろう？

「ちょっと邪魔しないでくれないかなぁ、牛さん」

「ＢＵＢＯＯＯＯＯＯＯＯＯ！」

カバンに直接収納すれば、一発で解決する。

でも生きてる相手にそれやっちゃうと、もったいないのだ。

なぜなら、モンスター（生物）の収納は、基本吸い込んで終わりだから。

魔物■《モンスターボックス》っていう派生スキルを使えば、収納した魔物を取り出せる。

けど、僕の魔物■《モンスターボックス》、スペさんのせいで、これ以上魔物を取り込めないんだよね。

なんでも、強い魔物ほど、■《ボックス》容量をとっちゃうんだとか。

色々考えてる間も、牛さんは攻撃を仕掛けてきてる。

でもやっぱり動きがちょーゆっくりだ。だから、考える余裕が生まれる。
……うん。牛。
そうだな。
お肉がちょうど切れてたところだから、こいつを倒して、肉をゲットさせてもらおう。
「じゃあ、ほい。【絶対切断】」
僕は手を前に突き出して、鍋の勇者さんから習得《ラーニング》したスキルを発動。
視界に入ってるものを、切断するというスキル。
……ん？
そういえば、前回これ使ってから、結構僕レベル上がったな。
あ……？　やば……。
ズッバァアアアアアアアアアアアアアアアアアアアアアアアアアアアアアアアアア
アアアアアアアアアアアアン!?!?!?!?!?!?!?
……状況を説明しよう。
牛さんの、頭だけを吹っ飛ばそうと、手を掲げてスキルをぶっ放した。
で、その結果、牛さんは上半身まるごと消し飛んでいた。
……それどころでは、すまなかった。
「あ、あわあ……あわわぁ……」
「嘘でしょ……？　め、迷宮の壁に……でっかい深い傷が…………!?」

「し、信じらんねえ……迷宮の壁は、傷つけることも破壊することも、不可能なはずなのに！」

やっぱり初心者なんだなぁ。

「迷宮の天井は、結構簡単に破壊できますよ。ね、スペさん」

『うむ、我ならな』

「ほらねえ」

『いやだから、我ならできるぞ』

「できるってほら」

『我ならな！』

唖然《あぜん》、呆然《ぼうぜん》としてる……冒険者三人組。

まじまじと見る。未来視で見た三人組だ。やっぱり。

さっきの牛さんに、殺されちゃうところだったのかな。

あんな弱いやつに殺されちゃうなんて、レベルの低い人たちなんだなぁ。

「「君（あんた、おまえ）……なにもの!?」」

何者って……？

「初めまして、僕は佐久平啓介です！」

『いや、ケースケ……自己紹介しろって言われたわけじゃないと思うぞ……？』

剣士さんとエルフさんがポカンとしていた。

ただ一人、ハーフフットさんだけは……

「ケースケ……？　って、どっかで聞いたことあるような……たしか、【OTK《オタク》商会】が捜索願い出してたような……人違いか？」

☆

未来視で死ぬ定めだったパーティメンバーさんたちを助けた。

「君、助けてくれて、ありがとう！」

剣士の男性が、僕に近づいて、がしっ、と僕の手を掴んできた。

わ、ゴツゴツした手だ。

「君は命の恩人だ。本当にありがとう」

ぶんぶんぶん！　と剣士さんが僕の手を振る。

すると……。

「ちょっと、【シーケン】！」

エルフさんが、剣士さんの肩を掴み、僕から引き剝がす。

剣士さんは、シーケンさんって言うんだ。

「シーケン！　何普通に会話してるのよ！　ど～～～～考えても、この子……危険人物でしょ!?」

ええっ？　危険人物ー？

どこがだろう？

「普通の小さな男の子じゃないか」

「あほなのシーケン!?　この子……上位《エルダー》ミノタウロスを瞬殺したのよ!?　しかも、迷宮の壁を深く傷つけた！　あんな強力な魔法……見たことないわ！」

ああ、ランクの低い、経験の浅い冒険者さんだから、見たことないんだなぁ。

「伝説の魔神かもしれないわ。近寄らないが吉よ！」

きっ、とエルフさんが僕をにらみつけてきた。

そんな、怒らなくても……。

「あの、それより僕とお話を……」

「近寄らないで！　頭ぶっ飛ばすわよ！」

が、がーん！

嫌われちゃった……しゅん……。

「彼は、おれらを助けてくれた恩人じゃないか。悪い子じゃないよ」

「ふん！　あたしは信じないわよ！　あんなヤバいの！」

はう……エルフさんにヤバいのって言われた。

完全に嫌われちゃった……。

近づかないでって言われたし、嫌われちゃったし……。

もっと話したかったけど、離れることにしよう。

「じゃ、僕はこれで……」

「あー！　待って君！　どこ行くんだい！」

シーケンさんが僕を呼び止める。

「どこって……地上ですけど？」

「君ひとりで？　危ないよ！　そんな軽装の子供をひとりにしておけない。おれたちが地上まで送ってってあげるよ！」

「え……？」

地上まで送る……？

え、なんでだろう……。

ひとりで危ないから？

いや僕にはスぺさんいるし、聖武具もあるし……。

「お気遣いありがとうございます。でも大丈夫なんで。じゃ」

別に、彼らに案内してもらわなくても、僕にはマッピングスキルがあるうえ、すけすけビームと空歩のコンボで、地上まで真《ま》っ直《す》ぐ帰れるしね。

彼に送ってもらう必要はまったくない。

「いやでも君……危ないって、ひとりじゃ」

「大丈夫ですって」

「いやでもホント危ないから……」

と、そのときだった。

「あ〜〜〜〜〜〜〜〜〜〜！　やっぱりだ！　シーケン、そいつ……【ケースケ・サクダイラ】だよ！」

シーケンさんの仲間である、ハーフフットさんが、声を張り上げる。

……って、あれ？

なんで、僕の名前知ってるんだろ？

あ、さっき名乗ったか。

でも名前をただ知ってるだけじゃないニュアンスに聞こえたんだよね。

「なんだ、【チビチック】？　彼を知ってるのか……？」

ハーフフットさんはチビチックって名前らしい。

変な名前だなぁ。

シーケンさんはハテナ？　と首をかしげる。

「【OTK《オタク》商会】のギルマスが探してる、人間の子供だよ！」

「OTK《オタク》……商会……？」

なんだろう、それ？

「OTK《オタク》商会って……たしか、元召喚者がギルマスやってるっていう、でっかい商業ギルドでしょ？」

と、エルフさん。

………………え？

召喚者が、ギルマス……？

それにＯＴＫ《オタク》って……まさか！

「あ、あのエルフさん！」

「ひっ！　近寄らないでよ！」

エルフさんが杖先を僕に向けてきたけど、それをどかして、僕は彼女に詰め寄る。

「もしかしてその、ＯＴＫ《オタク》商会のえらい人って……【オタク】って名前じゃないですかっ？」

「近……！　そ、そうよ。たしか、オタク・イーダって名前！」

オタク・イーダ……。

飯田オタク！

やっぱりそうだ！

オタクさんだ！

「ＯＴＫ《オタク》商会っていえば、一〇年前に発足して、ものすごい勢いで大きくなってる新進気鋭の大商業ギルドじゃないか。なんでそんな大手のえらい人が、彼を探してるんだ……？」

シーケンさんが首をかしげる。

……ん？

なんか今、この人変なこと言ってなかった……？　一〇年前とか。

「知らねえ。でもこのガキを見つけて保護してきたやつには、【一億ゴールド】の報酬を出すって」

「「「一億ぅうううううううううううううううう!?」」」

チビチックさんの言葉に、僕、シーケンさん、エルフさんの三人がマジで驚く!

一億ゴールドって……じゅ、一〇億円じゃないか!

「この子にそんな大金かかってるの!? マジでなんで!?」

とエルフさん。

そうだよ、オタクさん……なんで……?

「さぁな。ただ……それだけ、OTK《オタク》商会のギルマスにとって、そこのガキが大事なやつってことなんじゃねーの?」

チビチックさんが言う。

「噂《うわさ》じゃ、OTK《オタク》商会のギルマスは、大規模な捜索部隊を編成してたらしい。でも方々探しても見つからないからって、一億ゴールドなんていう、賞金を用意したんだってさ」

……オタクさん。

僕を探すために、そこまでしてくれたなんて……。

あの人にとって、僕は、ちょっと話しただけのほぼ赤の他人だっていうのに……。

うわーん! オタクさーん! 会いたいよー!

「商会のある【マデューーカス帝国】まで、このガキ連れてけば、オレら大金持ちだぜ」

! オタクさんのありかを、この人知ってる!

「あ、あのっ! チビチックさん、僕を……オタクさんのとこに、連れてってもらえないです

かっ？」

「え、そりゃもちろん。一億欲しいし」

「やったー！」

さっきまで、この人たちについてくメリットは一切なかった。

でも、この人たちはオタクさんのいる場所を知ってるらしいからね。連れてってもらおう！

「よろしくね、ケースケくん。改めて、おれは剣士のシーケン。で、そっちは盗賊《シーフ》のチビチック」

ハーフフットさんは盗賊《シーフ》の職業をしてるらしい。

盗む人っていうより、鍵開けとかしてくれるサポーターって印象だ（ゲームだと）。

「ちょ、ちょっとシーケン！　ほんとにこの子連れてくの!?」

で、名前がまだわからない、エルフのお姉さん。

すごい嫌そうな顔をしてる。

「【エルシィ】。君は反対なのかい？」

エルフさん、エルシィさんって言うんだ。

「あったりまえじゃない！　シーケン、チビチック、忘れたの？　この子は魔神かもしれないのよ！」

またでた、魔神。

なんだそれ？　違うんですが。

「でも、こんな小さな子をこんな危ない場所に、おいてけないし……」

「連れてけば一億だぜ、一億！　目もくらむような大金が楽して手に入るんだぜ!?」

シーケンさん、結構いい人かも。僕に賞金がかかってるって知らない段階で、僕を連れてこうとしたし。

逆にチビチックさんは、幼い見た目に反して、結構ゲスイって言うか。

でも逆にわかりやすい。

「あの、大丈夫ですよ。僕魔神ってやつじゃないですし」

「そう言っといて、後ろから攻撃とかしてくるんでしょっ？」

疑《うたぐ》り深《ぶか》いなぁ、このお姉さん。

「第一、なんでお姉さんたちを襲わないといけないんですか？　あなたたちのような弱い人たちを襲って、僕に何のメリットが？」

ぽかーん……とする三人組。

「は、はぁ!?　弱いぃいい!?　あんた【黄昏《たそがれ》の竜】を知らないのぉ!?」

エルシィさんが顔を真っ赤にして怒ってくる。

黄昏の竜……？

「え、知りませんけど。なんですそれ、有名なんですか？」

「有名なんですか〜〜〜？　きぃい〜〜〜！　あのねえ！」

シーケンさんが「まあまあ相手は子供だから落ち着け、エルシィ」と彼女を取り押さえる。

「それに、エルシィ。彼はＯＴＫ《オタク》商会に行きたがってる。自力で行かないってことは、彼はＯＴＫ《オタク》

商会がどこにあるのか知らないってことだ」

「だから!?」

「よく考えるんだ。OTK《オタク》商会の場所を知ってるおれたちを、彼が殺すメリットはないだろ？」

「あ……」

エルシィさんが、やっと落ち着く。

「シーケンさんの言うとおりですよ。そんなのちょっと考えればわかることじゃないですか？　バカなんですか？」

「このくそがきゃぁ……!!!!」

ぶち切れるエルシィさんを、シーケンさんとチビチックさんが取り押さえる。

僕のエルシィさんへの評価はもう結構落ちてる。

エルフってもっと物静かで、理知的なイメージあったのに。

こんなのエルフじゃないやい。

「ま、まあとりあえず、よろしく。ケースケくん」

「はい、よろしくです、シーケンさん。チビチックさん。エルシィ」

「さんをつけなさいよぉ！」

こうして、僕は冒険者さんたちに、オタクさんのとこへ、連れてってもらうことになったのだった。

《エルシィ視点》

あたしたち、Sランク冒険者の【黄昏の竜】は、超難関ダンジョン【七獄《セブンス・フォール》】に来ていた。

七獄《セブンス・フォール》。世界に七つある、ものすごい難易度の高いダンジョンの総称。

一説によると、神話の時代にできて以降、誰一人としてクリアしたものはいないらしい。

あたしたち黄昏の竜は、ゲータ・ニィガでも名うての冒険者パーティだ。

シーケンは世界最強の剣士、剣聖と互角に渡り合うほどの剣の腕を持つ。

チビチックは優秀な盗賊《シーフ》。

索敵から鍵開けまでなんでもござれ。多くのダンジョンにもぐり、生き残ってきた実績あり。

そしてこのあたしは、アイン魔法学園を首席で卒業した、天才！　魔法使い。どやぁ。

そんな最高の人材が集まった、最高のパーティ、それが黄昏の竜。

あたしらなら、前人未踏のダンジョンもクリアできる……って思ってたんだけど。

まさか五〇階層にたどり着くのに、ひと月もかかってしまうなんて。

正直、ここのダンジョンのレベルは桁外れだった。

強敵、トラップ、複雑な地形。

今まであたしたちが突破してきたダンジョンが、子供の遊び場に思えてしまうほどだ。

五〇階層でこの難易度。これより下は、人間の立ち入れる場所じゃない。

シーケンは撤退を宣言した。正しい判断だったと思う。
けど、運の悪いことに、そこへフロアボスと遭遇してしまった。
あたしたちは情けなく、誰一人として、その場から動くことができなかった。
死んだ、そう思った。もうやばすぎるって、直感したんだ。
そこへ、謎の少年が現れて、一撃で敵を倒してしまった！
Sランクパーティが、これはもうあかん！　と思って、死を覚悟した相手をだ！
警戒するに決まってるでしょ!?
どう見てもこの少年、人間の皮を被《かぶ》った化け物よ！
お人好《ひとよ》しのシーケン、お金大好きチビチックは、この子と普通に接するつもりみたい。
けど、あたしは信じないわ！　こいつ絶対、魔神よ！

第三章

「さて……じゃあ地上に……」

そのときである。

ぐぅ～～～～～………。

「なんか腹減ったな……」

「そーいやメシ食ってねーな」

「でも、食料ないわよ？　ミノから逃げるときに、魔法バッグ落っことしちゃったし」

……ん？

魔法バッグ……？

「魔法バッグってなんですか？　エルシィさん」

エルシィさんがちょっと僕から距離を取る。

「……収納の魔法が付与された、カバンのことよ。ちっこいカバンに、モノをたくさん入れておけるの」

ええ!?　僕の聖武具と同じじゃん！

「そんなのあるんですね……。普通に売ってるんですか？」

「そうね。まあ結構高いけど。入る量が増えれば増えるほど、値も張るわ」

ワルージョが僕を追い出したのって……。

魔法バッグがあるからかも。

一般に出回るような品物と、聖武具が、同じ機能なんだもんね。

納得～。

まあ、ちょっとがっかりしたよ。僕の聖武具、やっぱりたいしたことないんだって。

でも、まあこのカバンが便利なのは事実だし、僕は結構気に入ってるし。

それに、魔法バッグなんてものがあるなら、勇者の鞄を、隠す必要ないよね！

あらゆるものを収納できるカバンは、一般的なんだから。

「あ、僕のカバンの中に、食べ物結構ありますよ。よかったら、僕がご飯作りましょうか？」

「え、いいのかい？」

「はい。オタクさんのところへ連れてってもらうわけですし」

途中で空腹で倒れられても困るしね。

「そっか。じゃあ、ありがたくご相伴にあずかるとするよ」

さて、料理をするとなると、■庭《ハコニワ》へ移動したほうがいいよね。

魔物が襲ってきたら、料理に集中できないし。

「じゃ、■庭《ハコニワ》へ行きましょうか」

「「なにそれ……？」」

がばっ。

シュゴォオオオオオオオオオオオオオオ！

「「うわぁあああああああああああああ！」」

カバンの中に入る、僕たち。

一瞬にして、何もない白い空間、■庭《ハコニワ》の中へと移動した。

「「なんじゃこりゃああああああああああああ!?」」

あれ、三人とも驚いてるぞ……？

「ちょ、ちょっとあんた！　なにこれ!?」

「え、■庭《ハコニワ》ですけど」

「だからそれなに!?」

「僕のカバンの中にある、異空間に移動するスキルですけど……」

「魔法バッグの中に入るぅううう!?」

「はい。あれ？　何驚いてるんですか……？」

マジで何に驚いてるんだろ？

魔法バッグって、僕の聖武具と同じなんだよね？

「アイテムボックスに入るスキルなんて聞いたことないぞ！　すごいな！」

「ミノ一撃で倒したし、やっぱすげえガキなんだな……」

シーケンさんとチビチックさんは素直に感心してた。

「いや二人ともなにあっさり受け入れてるの!?　こんなのおかし……」

と、そのときだ。

『おい女』

今までずっと黙っていた、スペさんが、ぴょんっ、と肩から下りる。

ボンッ……！

「あ……あば……あばば……ふぇ、ふぇ、ふぇん……りるぅ……」

ぺたん、とエルシィさんが尻餅をつく。ぎろり、とスペさんが彼女をにらみつける。

『さっきから無礼であるぞ？　マスターであるケースケにそれ以上無礼な態度を取ると、我が許さんぞ』

「は……へ……え……？　え……？」

顔面蒼白《そうはく》となる、エルシィさん。

「う、うそ……ふぇ、その子が……ふぇ、フェンリルの……ま、マスター……？」

伝説の獣とは聞いたけど（自己申告）。

なんでエルシィさん、こんな怯《おび》えてるんだろう……？

フェンリルは悪いモンスターじゃないよ？

可愛いし。

「す、すす、すごい！　フェンリルだ！　伝説の神獣だ！　おおお！　すっごーい！」

興奮するシーケンさん。

あれ、エルシィさんと違って、怯えてないよ。

ほらね、スペさんは恐い魔物じゃないんだよー。

「ほらな、やっぱりやばいすごいガキじゃん……」

と、引きぎみに、けれどどこか納得したように、チビチックさんが言う。

『おいエルフ女。我のマスターにさっきから、随分と言いたい放題言ってくれたじゃないか……？　あ……？』

スペさん（デカいモード）が、エルシィさんに顔を近づける。

がくがくがくがく……！　と、エルシィさんは、見てるこっちが気の毒になるくらい、怯えていた。

「す、す、すみませんでした……！」

エルシィさんが僕に土下座してきた。

「生意気な口利いて申し訳ないです……！　すみません……！」

『謝罪くらいで、我が許すとでも？』

「うひぃいいい！　食べないでぇえええ！」

僕はスペさんに近づいて……。

「そこまでだよ、スペさん。ケンカはだめ」

めっ、と注意する。

『しかしな、ケースケよ。そこの女は先ほどから、我が友に酷いことばかりを言ってじゃな……』

「友達の、僕のためを思って、怒ってくれるのは嬉しいよ？　でも、彼女は冒険仲間なんだから。

スペさんも仲良くして」

『しかし……』

「ご飯抜くよ？」

『わかったよぅ……』

ぽんっ、とスペさんが子犬姿になり、頭の上に乗っかる。

よかった。食事前にスプラッタとか嫌だよ？

「あの……ケースケ……様？」

「なぁに、エルシィさん？」

エルシィさんは僕に対して、ペコッと頭を下げた。

「助けてくださって、ありがとうございます。ケースケ様」

助けた……？

僕何かしたかな……。スペさんを止めただけなんだけど。

「たいしたことしてないし、気にしないでください。あと、敬語はやめてください。僕が一番年下なんで」

ちらちら、とエルシィさんは頭の上のスペさんを見る。

『主の言うことが聞けぬのか？　ん？』

「わ、わかりま……わかったわ。ケースケ……君。ごめんね」

「気にしないでください。じゃ、ご飯作りますね」

エルシィさんがぺたんとその場に尻餅をつく。

「エルシィ……近くで見た生フェンリルどうだったっ？　毛皮が発光してるように見えたけどっ！」

「だいじょーぶかよエルシィ。顔が真っ青だぞ？」

かたかた……とエルシィさんが震えてる。

寒いのかな……？

じゃあ、シチューとかがいいかも。

「あ、でも肉がないや……」

『問題ないぞ！　我がミノタウロスを、回収しておいたのじゃ！』

念じてみると、たしかに、さっき僕が倒した牛さんの死骸が出てきた。

「まさかスペさん……さっきずっと黙ってたのって……」

『こいつをカバンに入れておった！　我ほめて～』

僕らが話してる後ろで、なんかやってるなぁって思ったけど、まさか死骸回収してたとは……。

なんでそんなことをしたかって？

『はよぅ、美味しいモノを作ってほしいのじゃぁ！』

「も～。スペさん食いしん坊フェンリルなんだからぁ」

『ケースケの料理が美味すぎるのがいけないのじゃぁ～♡　我は悪くないも～ん♡』

まあ、作ったモノを評価してくれるのは、悪い気しないけどね。

「よし、じゃあ……温かいモノを作りましょう」

『カレーかっ!?』

「今回は違うもの」

『ぬぅ……カレー食べたい～』

まあカレーでもいいんだけど（ミノは牛だし）。

ここのところ、ずっとカレーだったから、別のものを食べたいのだ。

「【解体】」

ぱっ、とミノが肉とかアイテムに分解される。

よし。

「【取り寄せカバン】、発動！」

僕は必要なモノを日本から取り寄せる。

と言っても、取り寄せるものは、カレーのときとほぼ同じだ。

僕は調理スキルを発動させる。

勇者の鍋があれば、作りたいモノが、一瞬でできてしまうのだ。

「料理……完成！　あとは付け合わせを、取り寄せて……っと」

人数分の料理ができあがった。

「みなさーん、料理できましたよ～」

黄昏の竜の皆さんが、集まってくる。

「これは……？　ケースケくん、これはなんだい？　見たことがない料理だけども……」

お鍋の中を見て、目をぱちくりさせるシーケンさん。

「ミノの肉を使った……ビーフシチュー、です！」

「「「!?」」」

目を剥く……三人。

あれ？　どうしたんだろう。

「み、ミノ……え、ま、魔物の肉……？」

「うげえ……マジかよ……」

シーケンさんが困惑。

チビチックさんは、露骨に嫌そうな顔をした。

あれれ？

「あの……ケースケ君。せっかく料理作ってもらって悪いんだけど……これは食べれないよ」

エルシィさんが控えめに言う。

さっきまでと違って、声を荒らげてこない。

「食べれないって？」

「魔物の肉はね……人間じゃ食べれないの」

人間じゃ食べれない……？

「いや、食べれますが？」

『うむ。そのとおり。ケースケの調理スキルならば、魔物を美味しく料理できるのじゃ！』

エルシィさんが大きく目を剝く。

一方、キラキラ目を輝かせながら、シーケンさんが僕の肩を掴む。

「ほんとに食べれるのか!?　魔物料理がっ！」

彼の目が、好奇心で、きらっきらしていた。

何だろうこのリアクション。

「はい。大丈夫ですよ。僕もスペさんも食べたことありますし」

「うぉおおお、食べる！　いただこう！　みんな！」

チビチックさんは「ええー……」と引いていた。

エルシィさんも「あんた先食べてよじゃあ……」と拒否反応を見せてる。

一方、シーケンさんは鍋の前に座る。

僕が器（使い捨て）にビーフシチューを注いで出す。

「うぉお！　これが夢にまで見た魔物料理！」

夢に……？

大げさだなぁ。

「いただきますっ！　あぐっ！」

「「ほ、ほんとに食ったぁ!?」」

躊躇《ちゅうちょ》なく食べるシーケンさんを見て、青い顔で叫ぶお二人。

「う！」

「う？」

「うんまぁあああああああああああああああああい！」

シーケンさんが笑顔で絶叫。

がつがつがつ！　と残りのビーフシチューも食べる。

「え、シーケン……食べれるの……？　平気なの……？」

「ああ！　エルシィもチビチックも食え！　今まで食ったどの料理よりも美味いぞ！」

よかった、シーケンさんも気に入ってくれたようだ。

さて、スペさんの分を……。

『ふがふが……うまー！』

「あ、こら！　スペさん！　お鍋に顔突っ込んでもー！」

フェンリル姿になったスペさんが、お鍋からダイレクトで、シチューをすすっていた！

顔をずぼっと鍋から抜く。

顔の周りが、シチューでべったり汚れていた！

もー。

僕は箒の勇者さんのスキル、クリーニングを使用。

触れたモノを一瞬で綺麗にするスキルだ。

『美味いぞケースケ！　カレーも美味いが、こっちの汁も濃厚で美味い！　なにより、肉がとろっとろじゃあ！』

カレーと同様、シチューも気に入ってくれたようだ。

「うまぁ！　なにこれぇ⁉」

「こんなうめーメシはじめてだ！」

器に注いであった分を、エルシィさんとチビチックさんが食べている。

シーケンさん同様に、めっちゃがっついていた。

「うぐ……ぐす……美味すぎて……涙出てきたわ……」

「冒険の途中で、まさか温かい汁物が食えるとはなぁ～」

う、う、う……と涙を流すエルシィさん。

ふふふ、作ってよかった。

「おかわりいります？」

「「『おかわりー！』」」

☆

食事を取り終えた僕たちは、■庭《ハコニワ》の中で作戦会議をする。

「さて、これからの方針だが、おれたち三人で、君をまず地上へと護送する」

リーダー・シーケンさんがそう言う。

ん……？　護送……？

三人が僕を守るってこと？

「え、大丈夫ですよ。僕も戦います」

「いやいや。君は小さな子供だ。子供を守るのは大人の仕事だよ」

うーん、いい人。

けどなんだか、この人僕に対して過保護じゃない？

しかもまた、小さな子供って言うし……。

なんでそんな子供扱いするんだろうね。一五歳ですよ、僕ぁ。

まあ姉ちゃんによく『あんた幼い顔してるよねえ』って言われるけど。

「というか、ケースケ君」

エルシィさんが僕を見て言う。

「君、そもそもどこから来たの？」

エルシィさん、警戒を完全に解いてた。

ご飯の影響かな。あのときすごかった、誰よりもおかわりしてたから。まあさておき。

「え、二五〇階層からですけど」

「はぁ……？」

困惑するエルシィさん。

「そういう冗談、いいから」

「いや冗談じゃないんですけど……」

マジでそうなんだけど。

『おいエルフ女。我が主の言葉を疑うのか？　ん？』

「ひぃ！　滅相もない！」

スペさんは僕の膝の上に座っている。

どうにもエルシィさんに対して、風当たりが強い。嫌いみたいだ。

「スペさん、仲良くしようね」

『む……しかたないな。菓子パン一つで手を打とう』

僕はスペさんに菓子パンを与える。

もめ事は勘弁してほしいからね。早く地上に出て、オタクさんとこ行きたいし。

「おいエルシィ、このガキの言ってること、あながち嘘じゃねーかもだぜ？」

「どういうこと、チビチック？」

ハーフフットのチビチックさんが言う。

「このガキには、伝説の獣が従魔についてるんだ。魔物はフェンリルが倒してきた、っていうならつじつまが合う」

いや別に、スペさんは魔物倒してないけど。だいたいビームしか撃ってないけども。

うーん、でも大人の人たちが話してるのを、邪魔するのはよくないよね。色々黙っとこ。

「そっか……。でも、じゃあそもそも二五〇階層にどうしてこの子いたのかな？」

「もしかして、【チェンジリング】じゃないか？」

ん？　チェンジリング……？

シーケンさんからの言葉に、エルシィさんがうなずく。

「それなら、ありえるかも。彼が二五〇階層にいた理由も、こんなすごいスキルを持ってることにも、説明がつくわ」

わー、話ついてけないや。

なんだよチェンジリングって。

「妖精にここへ連れてこられた。そこでフェンリルと出会った。フェンリルが護衛してここまで来た……そういうことなんだね？」

「じゃあ、それで」

そういうことにしておこう。

沈黙は金。

「話を戻そう。現在は五〇階層。こっから地上へと戻る。一階層ずつ進んでいくから……たぶん来たときと同じ、一か月くらいはかかると思う」

そういえば、スペさんも、脱出には二～三か月かかるって言っていたし。

そんなもんなのかな、進み具合。

「てゆーか、そこのフェンリルさん、天井ぶち抜いて出てこなかったか、さっき？」

チビチックさん、結構色々見てるんだなぁ。

めざとい人だ。

「フェンリルさんがやったみてーによ、全員で乗っかって、上まで連れてってもらえば早く脱出できるんじゃね？」

おお、たしかに。

『断る。ケースケ以外を、我の背に乗せたくないのじゃ』

じろり、とスペさんが三人をにらみつける。

えー。

「スペさん、乗っけてよ」

『だめじゃ。たとえケースケの頼みであろうと、そこは譲れん』

「菓子パンでも？」

『うむ』

菓子パンで何でも言うこと聞くスペさんが、断ってきた。

よっぽど僕以外を乗っけたくないんだね。

「じゃあやっぱり一階ずつ登っていく必要があるか」

時間がかかりそう。

でもまあ、しょうがない。

オタクさんにスペさん紹介したいし（置いてけない）。

すけすけビーム＋空歩コンボも、僕しか登っていけないから。

結局のところ、彼らと一緒に歩いて、脱出するしかないか。

「フォーメーションは、チビチック。後ろにエルシィ。で、ケースケくん、おれという隊列で行くぞ。全員で彼を守る形で」

「え、だから僕も戦いますって」

「いや、大丈夫。これでもおれたち、結構強いんだぜ？」

大丈夫かな。

ま、いざとなったら僕が助けてあげれば、いっか。

「わかりました。じゃあそれで」

ということで、さっそく出発。
■庭《ハコニワ》から出て、僕らは進んでいく。
てくてく……。

てくてくてく……。

てくてくてくてく……。

「チビチック、まだ五〇階層の出口に着かないのか？」

「わりぃ、シーケン。どうやら、オレらが休んでいるとこに、【迷宮変遷】がおきちまったよーだ」

めーきゅー、へんせん……？

「なんですか、めーきゅー、へんせんって……？」

エルシィさんが答える。

「迷宮が変化する現象のことよ。一定時間が経過すると、迷宮内の通路や宝箱、モンスターの配置が変わるの」

へえ、そんな現象が……。

「早く行きましょう」

「無茶言うなよ。地形が完全に変わっちまったんだ。今まで使ってた地図が使い物にならなくなってる状況で、下手に動くことは自殺行為なんだよ」

え？

地図が使い物にならない……？

「いやいや、何言ってるんですか。ミニマップ使えばいいじゃないですか」

「は……？　なんだよそれ……？」

僕は短剣さんから習得《ラーニング》した、マッピングスキルを発動。

目の前に透明な板、ミニマップが出現。

マップ上には詳細な地図が表示されている。

もちろん、出口の場所も、そこへいたるルートも載っていた。

「な、な、なんだよこれぇえええええ!?」

チビチックさん、驚愕《きょうがく》。

ん？　どうしたんだろ……？

「この周囲の地図!?　しかもこの三角マーク……もしかしてオレらの現在位置!?」

「あ、はい。動くとマークも動きますよ」

「なんだとおぉおおおおおお!?」

ええ、何驚いてるんだろう……？

「し、信じらんねえ！　こんな神マップ、見たことねえよ！」

「え、そうなんですか？」

「そうだよ！　マップっていや、これだからよ！」

チビチックさんがポシェットから、分厚い羊皮紙を何束も取り出す。

そのうちの一つを広げる。

汚い羊皮紙には、インクで地形が書かれていた。

当然、現在位置もわからない。

あー。

こっちの地図も、日本の地図と同じなんだ。

「魔法の地図的なものってないんですか？　現在位置が表示される」

「そりゃ、遺物《アーティファクト》っていって、一般市場にゃ出回ってない、超すごいレベルのアイテムだよ」

ふーん……。

あれ？

「じゃあ、魔法の地図と同じ効果を示す、マッピングって、すごいスキル？」

「そうだよ、そー言ってんだろ!?」

あらら、そうだったんだ。短剣さんには感謝。

「スペさん、なんで教えてくれなかったの……？」

スペさんもいちおう、現地人（犬だけど）なのに。

『人間の営み、社会のことなんて、フェンリルが知ってるわけないじゃろ？』

人間がアイテムにどれくらい価値を見いだしてるかなど、人間の評価や、外の常識は知らないんだね。スペさん。

それにずっと長い間、封印されてて、世情にも疎いだろうし。

もしかして、スペさんって現地ガイド役には、不適当なのでは……？

ま、いっか。今は友達だもんね。

「ミニマップお貸ししますんで、それ使って案内してください」

僕は神眼スキル、視覚支援を使って、チビチックさんにも、マップが使えるようにする。

ぎょっ、とチビチックさんがまた仰天してた。

「どうしたんですか？」

「……いやもう、ツッコみきれなくて」

「？」

「行くぞ。案内する」

チビチックさんが疲れ切った顔で、進み出した。

《チビチック視点》

オレはチビチック。

ハーフフットで、今年四〇になる（人間から見ると一〇代前半に見えるらしい）。

妻子がいて、養わないといけない。だから、冒険者なんつー、アブねえ仕事やってる。

特に最近、マイホームを購入したせいで、金欠状態だ。

デカく、金を稼ぐ必要があった。だから、七獄《セブンス・フォール》挑戦を提案した……が。

正直、舐めてた。

トラップ多すぎるし、地図にない通路が普通にある。

自慢じゃないが、オレは誰よりも優秀な盗賊《シーフ》だと思ってる。

ダンジョンで一度も迷ったことがないのが、オレの誇りだった。

……だが、このダンジョンでは何度も迷子になりかけた。

迷わないようにするだけでも大変なのに、そこに加えて、強力なモンスターがうじゃうじゃ湧いて出る。

また、トラップの数も尋常じゃない。

こんなヤバいダンジョン、初めてだ。

……正直、五〇階層で引き返そうってシーケンが言ったとき、オレはほっとした。

これ以上は無理だ、そう思ったからだ。
……で、だ。
オレたち【黄昏の竜】は人間のガキと出会った……。
で、そいつ、ヤバい。
そいつがヤバいのは、まあ最初からなんとなくわかっていたが。
このガキ、マッピングなんていう謎のスキルを出してきた。
効果が、遺物《アーティファクト》と同じだって……？
ふざけんなよ！
遺物《アーティファクト》は稀少《きしょう》すぎて、市場では決して出回ることはない。
貴族でも、買うことができない。国宝と同義なんだ。
……つまり、あのガキは国宝を持ち歩いてるってことなんだ。
しかもだよ。
やべーのはこっからだ、あのガキ……スキルを他人に付与してきた。
ミニマップの詳細は一旦おいとくとして、スキルであることは確定してる。
スキルは、持っているやつを対象にしか効果を発揮しない。
でも、このガキは、そんなスキルを他人に付与したのだ。
こんなの、付与術師《エンチャンター》にもできない！
やつらは付与魔法を使い、腕力を上げたり、素早さを上げたりする。

でも、どれだけ優秀な付与術師《エンチャンター》でも、スキルを他者に付与することはできない！

それをやってのけたんだ！

ミニマップ持ってることだけでも、そーとーやべえのに、スキルを付与する力まで持っていた。

オレは思った。

このガキは、ケースケは……ヤバい。

そして、決意した。

……触らぬ神に祟《たた》りなし、と。

このガキがマジで、エルシィの言うところの魔神かもしれねーとか、思ったけど、気づかなかったことにする。

オレにとって重要なのは、金。

このガキをＯＴＫ《オタク》商会に連れて行けば、一億っていう莫大《ばくだい》な金が手に入る。

三で割っても、十分……いや、十分すぎる大金だ。

これで危ない仕事から手を引ける。家族と安心して、豊かな生活が送れる。

そのためには……うん。

このガキについては、触れないでおく。ただ、送り届ける。

何が起きても疑問に思わない。

こいつがそうとうやべーやつだってわかっても、知らぬ存ぜぬで通そう。

☆

僕は黄昏の竜の皆さんと一緒に、地上を目指していた。

マッピングスキルを、ハーフフットのチビチックさんに貸してあげた。

彼はマップを使って道案内をしてくれる。

「やっぱこのマップすっげえぜ。地図の拡大縮小までできる……紙の地図じゃこんなことできねーよ」

「へー……そんなことできるんですね」

「お、おう……。これおまえのじゃ……あ、いや。待った。なんでもない」

チビチックさんは、いい人だ。

余計な詮索をしないでほしいっていう空気を読んでくれる。

僕と同い年、いや、年下かもしれない。

そんな彼がこんな大人な対応するなんてなぁ。

『ケースケよ。敵じゃ』

ぺちんぺちん、と頭の上に乗ってるスペさんが、僕の頭を尻尾で叩《たた》く。

どうやら魔力感知で、敵の接近に気づいたようだ。

「あのー、モンスターが近づいてるようですよ？」

「「「!?!?!?!?」」」

三人ともが立ち止まり、首をかしげる。

「近づいてるようって……どういうことだい、ケースケくん？」

リーダーのシーケンさんが尋ねてくる。

「言葉通りの意味です。モンスターが来ます」

シーケンさんは、チビチックさんを見やる。

彼は目を閉じて、耳を澄ますポーズを取った。

「いや、魔物の音は聞こえねーぞ」

「ケースケ君は何を根拠にモンスターが来るって思ったの？」

今度はエルシィさんが尋ねてくる。

「僕って言うより、スペさんが魔力感知って技術が使えるんです」

「!?　ま、魔力感知ぃ～!?」

あれ、魔法使いエルシィさんなんかすっごい驚いている。

あれあれ？

「魔力感知使えないんですか？　魔法使いなのに」

「うぐ……っ、使えないわよ……！　悪い!?」

そっか、駆け出しの魔法使いじゃ、使えない技術なんだね。しょうがないか。

「いえ全然」

『おいおぬしら、のんきに会話してる間に、だいぶ近くまで敵が来たのじゃ。我は自らと、ケースケの命しか守らんからな』

スペさんは黄昏の竜の人たちのことを嫌っているらしい。

僕のこと怒鳴ったって、ただそれだけで機嫌を損ねてしまったようだ。

「エルシィ、君の意見を聞きたい」

シーケンさんの問いかけに、エルシィさんが答える。

「フェンリルさんの言葉を信じましょう」

「よし、戦闘準備！」

シーケンさん、チビチックさんが武器を取り出す。

僕を守るような態勢だ。いいのに……。

って、ん？

「GISHASHA……！」

なんか、いるー。

あれなんだろ、カメレオン……？　いや違うな、リザードマンかな。ゲームで見る。

顔の形はカメレオンだけど、鱗《うろこ》に包まれ二足歩行するそれは、リザードマンっぽいフォルム。

体長は一五〇センチくらい。

両手には短剣が握られてる。

普通に近づいてくるんだけど……。

「くそっ、敵はどこにいるんだ？」

「音がしねえな。くそ」

「遠くから魔法で攻撃してくるかも。気をつけて！」

えっとー……。

ええっとぉ～？

なにこれ、ギャグ？

コント？

普通にそこに、敵がいるのに、皆見えてないフリしてる……？

敵がエルシィさんに近づいていく。

え？

ちょっと？

敵がダガーを振りかぶる。

ええっ？

エルシィさん気づいていない？

「もー何やってるんですか」

僕は近づいて、ぐいっ、とエルシィさんを引っ張る。

ぶんっ……！

リザードマンのダガーが空を切る。

「ＧＩＳＨ……!?」

なんか敵は驚いてる。

「ちょ、ちょっと何!?　ケースケ君!?　戦闘中よ今は！」

「それはこっちのセリフですよ。戦闘中ですよ皆さん。おふざけ禁止です」

ばってん、と僕が腕で×を作る。

三人とも困惑してる。んん？

『ケースケよ。おそらくこやつら、そのモンスターが見えておらんようじゃ』

「スペさんは見えてるの？」

『目視はできんが、魔力で敵の位置を感じておる』

って、あれ？

じゃあスペさんですら、このモンスターを視認できてない……？

「スペさんも見えてないみたいですけど、そこにカメレオンとリザードマンの中間みたいなのが、いますよ」

「え、ええ!?　それって……まさか、【不可視《アンシーン》カメレオン】!?」
・不可視《アンシーン》カメレオン（Ｓ＋）
→認識阻害の力を持つ亜人型モンスター。色を変えるのではなく、存在を消すため、絶対に視認できないのが特徴。

存在を消す……？

いや、普通にそこにいますけども。

「ケースケ君、見えてるの!?　不可視《アンシーン》カメレオンが!?」

「うん、そこにいますよ？」

カメレオンと目が合う。

向こうがギョッ、とびっくりしてた。

カメレオンも自分が見えてるなんて微塵《みじん》も思ってなかったのかも。

視覚支援？

『いや、ケースケ。おぬしにカメレオンが見えてるのは、スキルではなく、神眼持ちだからじゃ』

あ、なるほど。スキル効果じゃなくて、神眼そのもののスペックが高いから、見えないカメレオンが見えてるのか。

「ミサカさん、力借ります。神眼の派生スキル……【浄眼】」

・浄眼（SSS）
↓視界内にいる対象の能力、付与《バフ》等を無効化する。

「GISHA!?」

「おお、見える！」

「敵が姿を現した！　これならいけるぞ！」

シーケンさんとチビチックさんも、見えるようになったようだ。

二人が武器を構えて、カメレオンに斬りかかる。ふぅ。

「さて僕も援護射撃でも……」

「ちょ、ちょっと君！　危ないわよ！」

エルシィさんが止める。

危ない……？

ああ、そうか。

絶対切断、ここで使ったら、シーケンさんたちに当たっちゃうかもだもんね。

しかたない。僕は大人しくしておくか。

それにしても……。

「えい！　だぁ！」

キンキンッ！

「くっそ、すばしっけーな！」

かきん、きん！

「【裂破斬】、うおぉおおおお！」

戦闘……ながっ！

三〇分くらい経《た》っても、まだ倒せないでいる。戦闘ってこんなに長いものなのだろうか……？

「ふぁ～～～～……」

『長いのぉう。何やってるんじゃあやつら』

「ほんとだねー。もぐもぐ」

『あー！　ケースケずるい！　ひとりだけ菓子パン食べてるー！』

「ちぇ、ばれたか」

『我にも一口一口～♡』

「はいはい」

ややあって。

「ぜえ……はあ……はぁ……」

「や、やった！　倒せた！　やったぜ！」

前衛の二人とも、大汗かいていた。

その場にどさ、っと倒れる。

エルシィさんは安堵《あんど》の息をつくと、二人に近づいていく。

僕は浄眼を解いた。

「お疲れ二人とも！　すぐ治療するから待ってて！」

エルシィさんが座り込み、目を閉じる。一体何をするんだろうか……？

「し、しんどい戦闘だった……」

「ああ……やばかったなあれ……」

「というか、ケースケくん。ありがとう。君が見えない敵を見えるようにしてくれたから、勝てたよ」

「ほんと……あんたがいなかったら不意打ち食らって死んでたわ。マジ助かった……」

二人から感謝される。

ちょっと大げさすぎる気もするけど、役に立てたなら何よりだ。この人らは子供の僕の代わりに戦ってくれたわけだしね。

『やれやれ、あんなのにこんな時間をかけるだなんて、まったくザコもいいところじゃなあ、こやつら』

「スペさん言いすぎだよ。めっ」

ちょん、と僕はスペさんの鼻をつく。頑張ってる人にザコなんて言い方だめだと思います。

「ぐぬ……そりゃフェンリルと比べたらあたしらザコだけどさ……」

「まあまあ。待たせてすまないね。先に進もう」

シーケンさんがそう言うと、エルシィさんが声を上げる。

「ちょ、ちょっと休憩を……チビチックはケガもしてるし」

あ、ほんとだ。

左腕を深く斬られてる。

ほっといたら死んじゃうかも！　それはいかんですな。

「これ飲んでください」

僕はカバンから、黒い箱を取り出す。

ぱかっ、と蓋を開けて、それをチビチックさんに渡す。

「は？　なんだよこれ？」

「まあまあ、ぐいっと」

「ええー……こわー……飲むけどさ」

飲むんだ。

この人結構素直だよね。

ごくん……。

パァアアアアアアア！

「う、うぉおおおおお！　す、すげえええええええ！　傷が一瞬で治っちまったよ！」

腕の傷が瞬時に回復。

ぎょっ、とシーケンさん、そしてエルシィさんも驚いてる。

あれぇ？

このファンタジー世界に、ポーションとかないの？

回復薬なんてありふれたもの、ここでも売ってそうだし、飲んだら傷が治るのなんて、見飽きてるんじゃないの……？

「や、ヤバすぎるぞこれ！　あり得ない！」

「お、おれにも一口……うぉおおお！　疲労が一瞬で消えた!?　すごすぎるぅうううう！」

……あれ？

もしかしてだけど……。

僕が思うより、この人たち……弱い。

というか、まさか駆け出し冒険者なのかな……？

きっとそうだ。

回復薬も買えない↓金持ってない↓貧乏。これだ。

ああ〜……なるほど。

それなら、あんなカメレオンなんて、弱そうな敵倒すのに三〇分かかってしまうのも、当然か。

だとしたら申し訳ないことをしてしまった。自分たちを守ることで手一杯だろうに。僕の面倒まで見てくれるなんて、優しい人たちだなぁ。

「すごいわケースケ君！　あなた……何をしたの？　魔法？」

「いえ、ストックしてた【（一瞬でケガも病気も全部）回復（する）薬（的サムシング）】を使っただけですけど？」

「ただの、回復薬？　いやいや！　そんなわけないでしょっ？　だって……」

エルシィさんがツッコもうとすると。

『おい女。また主に楯突《たてつ》く気か？　ん？　消すぞ？　ビームで』

スペさんが凄む。

「ひぃぃい！　すみませんフェンリル様！」

「スペさん、ビームは、めっ。おやつ抜きにしちゃいますよ」

『ぐぬ……わかったよぅ』

何はともあれ、魔神水（※ケガも病気も全部回復する薬的サムシング）で、二人が元気になった。

「さ、先へ進むぞ皆！　ケースケくんがいれば、おれたちは無敵だ！」

無敵だって？　大げさな。強い人はいっぱいいるよ、スペさん（※七大魔王）とか、ミサカさん（※神眼の大勇者）とか。

第四章

地上を目指す僕たち。

出発してから、八時間後。

「ぜえ……はあ……」

「も……無理……」

「足がいってえ……」

冒険者パーティ、黄昏の竜の皆さんが、疲れた表情を見せてきた。

『なんじゃ、だらしのない。たった八時間、迷宮を歩いたくらいで何を音を上げておるのじゃ。ケースケを見よ、ぴんぴんしておるじゃないか』

「いやいや、僕と違って戦闘してるし、彼ら」

それに僕には、靴の勇者さんから習得《ラーニング》した、ウォーキングスキルがあるからね。

なんかほんと申し訳ない。僕も何度も一緒に戦うよって言うんだけど、シーケンさんがそのたびに止めてくる。子供を戦わせるわけにはいかないってね。大人だなぁ。

「しっかしタフだなあんた」

「すみません、実はいくら歩いても疲れない靴履いてるんです」

「ま、まじか。そうか。やべえな……」

チビチックさんは、相変わらずあまりツッコんでこない。

説明の手間が省ける。その上、僕に対してずるだ、とか、嫌みとか一切言ってこない。いい人だ。

しかし……そろそろ休憩を入れないとね。

皆疲れてるみたいだし。

「休憩にしましょう。■庭《ハコニワ》に……」

と、そのときである。

ぎゅるんっ、と僕の目が、ダンジョンの隅を向いた。

探偵眼《プライベート・アイ》が発動したんだ。僕の探してるものが、あるみたい……？

「どうしたんだい、ケースケくん？」

「こっちに……何かあるみたいです」

僕らは壁側へと移動する。

「ただの壁じゃないの」

「え、見えないんですか？」

「何を？」

「いや、穴空いてるんですが……？」

僕の目には、ダンジョンの壁に大きな穴が空いてるのが見える。

でも、彼らには見えてない。

さっきのカメレオンと戦ったときと、同じ現象だ。

「エルシィさん、幻術魔法って、もしかしてあります？」

「あるわよ。ありもしない幻覚を見せる魔法ね。姿を変えたり、ないはずのものをあるように見せたり」

やっぱりそうか。

じゃあこの穴は、幻術で、見えないようにされてるんだ。

「皆さんここで休んでてください。ちょっと僕、あの壁んとこまで行ってきますね」

僕は壁に向かって進む。

てくてく。

「ちょ、ぶつかるわよ！　危ないわ！」

するぅ～……。

「って、えええええええええ!?　壁をすり抜けたぁ!?　ま、まさか……幻術!?」

にゅっ。

「中に部屋がありましたよ」

黄昏の竜の面々が、僕の後に続く……。

そこは、ダンジョン内なのに、まるで外のように明るい場所だった。

空気も地下とは思えないほど澄んでいる。

ここにいるだけで、気分が良くなってくる。

「セーフゾーンだ！　助かったぞ！」

シーケンさんが嬉しそうに言う。

セーフゾーン……？　なんか聞いたことあるような。

『ダンジョン内にある、休憩所じゃ。聖なる加護が部屋に施されておって、魔物が決して入ってこれぬ』

そうだったそうだった。

でも、探偵眼《プライベート・アイ》はセーフゾーンに反応したのかな？

『ケースケよ、勇者の反応じゃ』

「！　ほんとっ！　スぺさん!?」

『うむ、あっちじゃ』

勇者の遺体があるなら、回収したい。

僕と同じで、異世界から呼び出され、こんなところに放置された存在。

可哀想で、ほっとけないもんね。

「ちょっと奥見てきていいですか？」

「ああ、おれたちはここで休んでるね」

シーケンさんたちを他所に、僕は部屋の奥へと進む。

セーフゾーンは結構広かった。

ほどなくして、部屋の壁際までやってきた。

そこには、白骨化した勇者さんがいた。

『こやつは、セーフゾーンから出れなかったのじゃろうな』

「そっか……じゃあこの人も、廃棄勇者さんだね」

僕は座り込んで、手を合わせる。

短剣さんたちのように、ほっとくわけにはいかなかった。

「あなたを外へ、連れて行きます。だから……お力をお貸しください」

僕はカバンを開いて、勇者の遺体を回収する。


〜〜〜〜〜〜〜〜
・勇者の鎚《ハンマー》
固有スキル：鍛冶《かじ》（最上級）
派生スキル：全修復、武具強化付与
〜〜〜〜〜〜〜〜

回収したハンマーを、僕は手に取る。

見た目は金色をしてるけど、普通のトンカチだ。

『これで聖武具は九つじゃな』

鞄、短剣、鍋、針、靴。

箒、鏡、神眼。

そして、鎚。

もうちょっとで一〇個だ。

……こんなにたくさんの、可哀想な人たちがいるんだ。ちょっと……いや、だいぶ凹む。

勇者だって、来たくて異世界に来たわけじゃないのに。

無理矢理こさせられて、こんなとこに捨てられてさ。はぁ……。

『ケースケ。いかんぞ、そんな顔しちゃ』

スペさんが頭の上からころん、と落ちてくる。

僕は手で受け止める。

『大勇者ミサカと約束したんだろう？　のんびり、ほどほどに頑張る、とな』

「！」

……そうだった。

ミサカさんは言っていた、重いモノを僕に背負わせたくないって。

楽しく冒険してほしいって。だから僕は約束したじゃないか、シリアスに、なりすぎないって。

「そうだったね……ごめんね、スペさん」

『ふふふ、そこはありがとう、じゃろう？』

「そうだね。ありがとう」

きゅっ、と僕は子犬スペさんを抱きしめる。

柔らかくて、あったかい。ささくれだった気持ちが、癒やされていく。

スペさんが側にいてくれて、よかった。

『して、ケースケよ。我はそろそろ〜……お腹が〜……』

「ふふふ、そうだね。ご飯にしよっか」

『おほー♡　今日はどんな美食を堪能《たんのう》させてくれるんじゃ〜♡　我はもうそれだけが楽しみじゃ〜♡』

あ、そっか。

スペさんからすれば、退屈極まりないのか。

背後の、黄昏の竜の皆さんを、ちらと見る。

「それにしても、快挙だな！　一日に二階層も進めるなんて！」

「ほんとね。ケースケ君のサポートがあるおかげね」

「つか、体のキレがなんか普段よりよくない？　うめーメシ食ってるからなかぁ」

一日に二階層って早いほうなのか。

『我と二人きりのときは、二五〇から五〇階層まで、一瞬で来れたのにのう。なあケースケ、今からでも遅くない、二人でこそっと抜け出そうぞ？』

「それは僕ら二人だけだったし、スペさんに乗ってたから。進みが違うのはしょうがないよ」

とはいえ、たしかにこのままだと、すごい時間がかかる。

地上まであと四八階層。

一日二階層だとして、二四日かかる計算だ。

スペさんの我ビームや、僕のすけすけビーム＋空歩のコンボがあれば、一日でダンジョン突破できるのに。

でもここを抜けた先、オタクさんがどこにいるかは、知らない。彼らに案内してもらうしかない。

それに、彼らを置いて僕らだけ脱出するのは気が引ける。

「どうやったら、もっと早く進めるかな……？」

『せめてあやつらが、もうちっと強ければのぅ～』

ふーむ……強く。

強く……。そうだ！

「いいこと考えたぞ。僕が、あの人たちを強くすればいいんだ！」

『ぬ？　あやつらを強くする？　スキルでも付与するのか？』

「ううん。もっと根本的な改善。あの人たち弱いから、僕が強化するの」

『強化……ってどうするのじゃ？』

「聖武具を使って！」

僕は取り寄せカバンから、必要なモノを取り寄せる。

「パン粉、卵、とんかつソース……よしよし」

『おほほほほ～！　ケースケぇ～！　また美味いものを作るのかぁ！』

「うん。力のつく料理を作る。で、あの人たちに食べさせる」

どうやら聖武具を使って、勇者《僕》が料理すれば、ご飯に魔力が付与される。

で、それを食べるとスペさんはでっかくなった（強くなった）。

つまり、魔力は人を強くするんだ。

『なるほど、良い案じゃな。我も美味しいモノ食べれるしな！』

僕はさっそく調理に取りかかっていくぅ！

コンロに、お鍋を置いて、そして……。

「魔神水をここに注ぎます」

とくとくとく……とお鍋に魔神水を注ぐ。

そして火にかける。

『カレーか？　カレーを作るんじゃな！』

「煮込み料理はカレーだけじゃないよ。それに今日は、煮込みじゃない。揚げ物します！」

『ぬぅ？　揚げ物？　しかしこれ入れたのは、魔神水じゃろ？』

「うん。でも、前からちょっと試したかったんだ。ひょっとしたら、魔神水で揚げ物できるかもって」

魔神水って、ちょっと粘性があるんだ。

だから油のように、揚げ物ができるかもって。

そして僕には、できる、という確信があった。

なぜなら……。

「調理……開始ぃ！」

かかかかっ！

ぱふぱふっ。

じゅ～～～～～～～～～！

やっぱりだ！

『おお、ケースケの言ったとおり、揚げ物ができておるな！　なんでわかったんじゃ』

「この勇者の鍋の力っぽい。魔神水で揚げ物できる、っていうインスピレーションが湧いてきたんだ」

ありがとう、鍋さん。だいぶ助かってます。

ほどなくして。

「完成！　ミノタウロスの、牛カツ！」

『ぬわぁ～～～～～～～～！』

スペさんが奇声を発する。

『これ、美味いやつぅ～～～～！　ぜぇったいうみゃ――――い！』

ぴょんっ、とスペさんが牛カツに飛びつこうとする。

僕は首根っこを掴む。

『なにすんじゃー!?』

「ご飯は皆で食べるものです」

『しょんにゃぁ～～～～～………』

「すぐ人数分できるから」

『でもでもぉ！　こんな美味そうな匂いさせてるものを前に、我慢なんてできない！　ケースケぇ！　はよぅ食わせてぇ』

「待て！」

『きゃいーん！』

ややあって。

僕は人数分の牛カツを作って、黄昏の竜の皆さんに、料理を振る舞う。

「な、なんだこの料理……見たことないぞ……」

「でも……とんでもなく美味しそうね……」

「やべ……よだれが……」

皆さん目を輝かせてる。

『ケースケはやくぅう！　はやくぅう〜〜〜〜〜！』

スペさんなんて尻尾を、残像が見えるレベルでぶんぶんさせていた。

「じゃ、食べましょうか」

「「『いただきまーす！』」」

サクッ……！

じゅわ……！

「「『うまぁ〜〜〜〜〜〜〜〜〜〜〜〜〜〜〜〜〜〜〜〜〜い！』」」

全員、絶叫。

しかも恍惚《こうこつ》の笑みを浮かべてる。

「やばいわこれぇ！　なにこの揚げ物！　油が甘い！　すごいわぁ！」

「衣がこんなさっくさくの揚げ物なんて、今まで食べたことねぇー！」

「ケースケくんはやっぱり料理の天才だなぁ！」

全員、牛カツに満足してるっぽい。

「んふぅ〜〜〜〜♡　はぁ〜〜〜〜♡　この甘塩《あまじょ》っぱいソースに、さっくさくの揚げ物あうぅ〜〜〜〜♡　しふくぅ〜〜〜〜♡」

エルシィさんと同じくらい、すごい勢いで食べてるのが……。

『う〜〜〜〜〜〜〜〜〜〜〜〜〜〜〜〜〜〜〜〜〜〜〜〜〜みゃ〜〜〜〜〜〜〜〜〜〜〜！』

スペさんである。

「『おかわり！』」

二人がほぼ同時におかわりを言ってきた。

僕の側にはお鍋が置いてある。

「わかりました。今揚げますね〜」

じゅぅううう……。

「はいどうぞ」

「『うまぁあああああああああああ！』」

どんどん食べていくエルシィさん（とスぺさん）。

シーケンさんもチビチックさんも、もりもり食ってる。よしよし。

「君は食べないのかい、ケースケくん？」

「あ、はい。あとでちゃんと食べますよ。今はあなたたちの食事係ですので」

するとエルシィさんが涙を流しながら言う。

「こんにゃに美味しいもの……食べさせてくれるなんて……ぐしゅ……ありがとぉ～」

いえいえ。

これも僕らが冒険をスムーズに進めるためですので。

とは、言わない。別に言わなくてもいいことだしね。

っと、そうだ。

ちゃんと強化されてるかなぁ。

鑑定して……

『ケースケおかわり！』

「あたしももう一枚！」

……エルシィさんとスぺさんが、おかわりしまくってくる。

まー、鑑定はあとでいいか。

多分強化されてるよね、そこそこ。

☆

魔神水で作った牛カツを、冒険者パーティ【黄昏の竜】の面々（withスペさん）が食べた。

セーフゾーンにて。

「んがー……」

「んごぉー……」

「ぐぅ～……」

黄昏の竜の皆さんが眠っている。

「食べてすぐ寝たら牛さんになっちゃうのにね」

『なぬっ？　異世界の人間はそんな進化するのかっ？　こわいのぅ！』

ぶるぶると震えるスペさん。

どうやら勘違いしてるらしい。

「まあそれはさておき。眠ってる間に、やるべきことやっちゃおっと」

『む？　何をするのじゃ、ケースケよ？』

スペさんが僕の頭の上に、ぴょんっ、と乗っかる。

最近そこがお気に入りのポジションみたい。

「黄昏の竜さん、強化計画～」

このままだと、脱出までに一か月くらいかかっちゃう。

それは黄昏の竜の皆さんが弱いのが原因だ。

早く脱出するために、この三人を強くしよう、っていう魂胆。

『む？　魔神水入りの料理は食わせたではないか？　まだ何かするのかの？』

「うん。武器、防具を作ろうかなって」

『ほぅ……なるほど。彼奴らの装備を、より質の良いものにするのじゃな？』

そういうことだ。

ちょうど、新しい聖武具も手に入ったし、その力の試し打ちもしたいしね。

黄昏の竜の装備は、こんな感じ。

・シーケン（剣士）↓片手剣、鎧
・チビチック（盗賊《シーフ》）↓ダガー、ブーツ
・エルシィ（魔法使い）↓杖、ローブ

『聖武具と比べると、なんとも貧弱な装備じゃのう』

「そりゃ勇者の武器と比べるのは酷ってものじゃあないかい？」

『しかしケースケよ、新しい装備を作るのはいいが、具体的にどうやって作るんじゃ？』

「勇者の鎚を使うよ。固有スキルに、鍛冶（最上級）があるんだ」

・鍛冶（最上級）（ＳＳＳ）
→最高ランクの武器や防具を作成するスキル。素材がそろっていれば、作りたいものを一〇〇％の確率で作成可能。

『毎度思うが、廃棄勇者は皆とてつもない力を持ってるのぅ』

「ほんとね。彼らを捨てる王族ってほんとバカ」

さて。

『鍛冶スキルを使うにしても、素材はどうするのじゃ？　武器を作るとなると、鉱石など必要じゃろ？　魔力結晶以外に、持っとったかの？』

「実はね、スペさん。これを見てほしいんだ」

僕は勇者の鞄の口を開いて、それを取り出す。

ころん……。

鈍色《にびいろ》の、ゴツゴツとした鉄だ。

『！　こ、この魔力の波動……もしや！　神威鉄《オリハルコン》ではあるまいか!?』

・神威鉄《オリハルコン》
→神が与えた最も硬い金属。武器、防具に使うことで、最高ランクの武具が作れる。

『なぜケースケが神威鉄《オリハルコン》を持ってるのじゃ？　いつの間に採取を……？』

「これね、僕のじゃないの。鎚さんのなの」

『鎚の勇者の……？　一体どういうことじゃ？』

僕はステータスウィンドウを開く。

そこには……。


～～～～～～～～～
・神威鉄《オリハルコン》
・ヒヒイロカネ
・魔銀《ミスリル》
・魔鉱石
Et cetera
～～～～～～～～～

「これ、鎚の勇者さんが採取して、アイテムボックスに入れておいたものなんだ」

『!?　ど、どういうことじゃ……？　なぜ他の勇者のアイテムを、おぬしが……？』

「わっかんない」

『ぬぅ……もしかして、カバンの聖武具の力なのかもな。遺体のアイテムボックスを、共有するみたいなの』

真相はわからないけど、なんかそんな気がする。

「鎚さんがアイテムボックスに、いっぱい鉱石を入れといてくれたんだ。これを使わせてもらおうかなって」

『なるほどのぉ～……。ん？　武器は入っておらんの？　鎚の勇者が作った武器が』

「それがねえ、ないんだよねえ」

『不思議じゃの……武器を作る素材はあれど、肝心の武器がないなんての』

うーん、と僕らは首をかしげる。

「ま、考えてもしょうがないことは、考えないでいいよね。だって考えても答え出ないし」

『じゃな。それより今は、武具をそろえるほうが先決じゃて』

さて。

「じゃあ、まずはシーケンさんの剣から作ろっかな」

僕は鎚の勇者さんの聖武具、勇者の鎚を手に取る。

聖武具の固有スキル、鍛冶（最上級）を発動。

『たしか、素材があれば、作りたいモノをイメージするだけで、簡単に作れるんじゃったな』

ということで、作ります。

「えいや！」

かーん！

かーん！

かーん！

神威鉄《オリハルコン》を何度かハンマーで叩く。

ぼんっ！

「おー！　できた、お手軽～」

『うーむ、まさか火入れなどの作業をせずとも、ハンマーかんかんで作れてしまうとは。さすが勇者スキルじゃ』

・神威鉄《オリハルコン》の剣（S＋）
→伝説の金属、神威鉄《オリハルコン》から作られた片手剣。古竜の硬い鱗すらバターのように切れる。

「こりゅーってどんなもんなの？　スペさんよりすごいの？」

『ふん。すごくないわい。古竜の鱗なんぞ、紙っぺらも同然じゃ。切れても自慢にもならんぞ』

古竜はそんなすごくないのかー。

じゃあこの剣もたいしたことないのかな？

まあ、よく考えれば、S＋。

聖武具のスキルが軒並みSSSと考えると、そんなにすごくないかも？

『ま、でも駆け出しのやつらからすれば、この剣を装備すれば、多少ましな強さになるじゃろう』

「おお、スペさんすごい、なんか……武の達人みたい」

『わはは！　じゃろ～？』

剣ができたので、鎧も作る。

ついでにチビチックさんのダガーも神威鉄《オリハルコン》で作った。この人にもここまで護衛をしてもらってたからね。お礼的なものをしてあげたい。

「ブーツとかローブはどうしよう」

『革製品のがよいじゃろうな。ほれ、黒炎蜥蜴《ブラック・サラマンダー》や、ミノから採取したやつがあったじゃろ？』

黒炎蜥蜴《ブラック・サラマンダー》の皮に、上位《エルダー》ミノタウロスの皮か。

それらを使って、ブーツとローブを作る。

かーん！

かーん！

かーん！

・黒炎蜥蜴《ブラック・サラマンダー》ローブ（S＋）
→火・地属性魔法無効化。防御力大幅増加。斬撃、打撃耐性。

・ミノブーツ（S＋）

→攻撃力超上昇（蹴り限定）。全地形踏破可能。筋力超上昇。

ま、こんなものか。

ブーツ微妙だなぁ。靴さんの聖武具と比べると、あんまたいしたことない。

「あとは杖か。杖ってどうすればいいと思う？」

『魔銀《ミスリル》を使うと良い。あれは魔力を最も通しやすい鉱石じゃからな。そこに、魔力結晶を少しまぜてやるのはどうじゃ』

スペさんの知恵を借りて、僕はエルシィさんが使う、杖を作る。

・超魔銀の杖（ＳＳ）
→魔力量超上昇。詠唱速度超上昇。魔力消費量大幅減少。魔法威力超上昇。魔法効果範囲増加。

「剣とかより良いモノができたね。なんでだろう」

『魔力結晶を一緒にまぜたからじゃろうな』

魔力は人を強くするっていうもんね。

「あれ、ケースケ君、何やってるの？」

背後から、エルシィさんに話しかけられた。

「あ、エルシィさん。起き……え？」

え？

あ、あれ……？　エルシィ……さん？

「？　どうしたの？」

「いや……あの、その……あなた、誰？」

「？　エルシィだけど……寝ぼけてるの？」

状況を説明しよう。

僕の目の前には、エルシィさんがいる。

ちょっと口うるさい、ちょっと食いしん坊な、エルフお姉さん。

胸つるん、顔も普通。……だったはずが。

「な、なんか……エルシィさん、顔……というか、見た目が……」

僕は鏡さんの聖武具を取り出して、エルシィさんに向ける。

「なんっじゃこりゃあああああああああああああああああ！」

あ、驚き方がエルシィさんだ。

ちょっと安心……。

「なんだ、エルシィどうした……えええええええ!?」

「おいおい誰だよこの超絶ビッグボインな美人エルフはよぉお!?」

シーケンさんたちが驚くのも無理はなかった。

エルシィさん、めっちゃ美人になっていたのだ！

髪の毛さらっさら。

顔もうわ！　まぶしい！

胸もおっきい！

「え、エルフだ！　マンガとかアニメでよく見る、エルフだ！　本物だぁ！」

「ちょ!?　失礼じゃない!?　最初から本物のエルフなんですけどぉ!?」

「あんなのエルフじゃないやい！」

「ひどい！」

ややあって。

「いやぁ、まさかこんなにエルシィが美人になるとはな……」

シーケンさんちょっと照れながら言う。

「一体何が起きたんだよ……？　すごい化粧品とか使ったのか？」

「ううん。ほんと、なんでだろう……？」

うーん……と僕らは首をかしげる。

するとスペさんが言う。

『そのエルフ女、存在進化したのではないかの？』

「そんざい……しんか……？」

『魔物が大量の魔力を体内に摂取したときに、別の種、あるいは上位個体に進化する現象のことじゃ』

なるほど……。

ん？

「でもエルシィさんってエルフだよ。魔物じゃない」

『エルフなどの亜人は、魔物を祖に持つ。それゆえ、彼奴らと同様に魔力を大量に摂取することで存在進化を引き起こすのじゃ』

エルシィさんが美人になったのは、魔力を大量に摂取したから……。

「あ」

「あ？　ってなによ」

……あー。

僕の作った料理に、魔力ってめっちゃ含まれてるんだった。

魔神水使ったし。

特に、エルシィさん、牛カツ誰よりもたくさん食べていたから……。

結果、魔力をたくさん摂取して、進化した……と。

「ダンジョンで魔物たくさん倒したからじゃないか？」

「それか、ダンジョンに長くとどまってたからかもな。ダンジョンって魔力が貯まりやすいんだろ？」

「そ、うかなぁ～……？」

あ、それで納得してくれてるっぽい。

じゃあ説明しなくていっか。こっそり魔神水混入させたこと、バレたら怒られちゃうかもだし。

「あれ？　おれの剣がないぞ。鎧も」

三人の前の装備は、僕が回収しておいた。

「あ、こっちにありますよ～」

そう言って、僕は新しい武器・防具を指さす。

「あれ？　おれの剣……こんな重かったかなぁ？」

神威鉄《オリハルコン》の剣の外見は、シーケンさんが使っていた前のものと、同じものにしました。

鍛冶スキルを使えば、外見をイジるのも容易いこと。

他の皆さんのも、全部そんな感じで、見た目だけ前と同じで、スペックが上昇してる。

「なんかやたら体が軽い気がするんだけど……」

「なんかものすっごい、頭がしゃっきりするわ……」

うーん……と首をかしげる面々。

『バレそうじゃないか？』

大丈夫、僕に秘策ありだ。

「たっぷり食べて、たっぷり寝たから、体調万全になったんですよ！」

だから体が軽いし、頭がしゃきっとしてるんだ。

ってことにしておく。

「そうかぁ、なるほどなぁ」

「ナルホドナットクナルホドナー」

「え〜〜〜〜〜〜〜〜〜〜〜〜〜〜〜〜全然納得できないんですけど、変じゃないねえ！」

まあ、何はともあれ、これで強化は、完了！

☆

「よし、ではさっそく出発しよう！」

僕らは現在、四八階層にいる。

ここから地上を目指す。

「ケースケくんの料理のおかげで、今のおれたちは、元気いっぱいだ！　どんな敵でも倒せてしまいそうだ！」

シーケンさんが自信満々に言う。

お腹が満たされ、気が大きくなってるのかもね。

「おいシーケン、あんま大声出すなよ。このあたりは群れで行動する魔物の縄張りがある。大量の敵に囲まれたらさすがにやべぇぞ」

チビチックさんが注意する。

「そうだったな。たしかに大量の魔物が来たらまずい。こっちは護衛してる最中だし。縄張りに入らないように注意しながら、こっそり進もう。そうすれば絶対に安全だ」

と言っていたそばから……。

『魔物じゃ。しかも結構数が多いぞ。けぷ』

お腹いっぱいのスペさんが、魔力感知を使い、敵の接近を知らせる。

この子、カツ食べすぎてボールみたくなってるや。

「な!?　そんな馬鹿な……ここはまだ縄張りじゃないはず!?」

「どうして魔物がこっちに気づいたのかしら!?」

うーん、どうして気づいたんだろう……？

「スペさん何か知らない？」

『え、ええっとぉ～……けぷ。さ、さぁのぉう……。魔力量の多い魔物でも現れたのではないかのぉ？』

……ん？

「どういうこと？」

『魔力感知能力を持つ魔物は、我以外にもおるでな。今から来るやつらも、大きな魔力の気配に気づいて、こっちに来たのやもしれんな……』

「へー……」

大きな……魔力の……気配ねえ……。

「スペさん？」

スペさんはフェンリル、すごい魔物だ。

そんな彼女が、さっき僕の魔力入り牛カツを、腹一杯になるまで食べた。

「スペさんのせいだよね、敵に気づかれたの？」

『えぇぇ～？　知らんなぁ？』

「とぼけるならご飯抜き！」

『わーん！　ごめーん！　我のせいじゃ～！　ご飯抜きは勘弁なのじゃぁ～！』

やれやれ、食いしん坊フェンリルめ。

「ごめんなさい、僕の友達のせいで、魔物を呼び寄せてしまったようです。■庭《ハコニワ》に一時退避しましょう」

と僕が提案する。

「そうだな……だが、もう魔物に取り囲まれてしまった」

結構な数の魔物が、近くまで来ていた。

「【軍隊猿《アーミー・モンキー》】だわ！」

「軍隊猿《アーミー・モンキー》……お猿さん？」

・軍隊猿《アーミー・モンキー》（S）
↓集団行動する猿型モンスター。指揮官の命令に従い、軍隊のように動き、敵を排除する。ナイフなどで武装してるのが特徴。

黒い毛の、お猿さんたちに、囲まれる僕たち。

「厄介な敵よ……軍隊猿《アーミー・モンキー》は。連携して確実に、相手を殺しに来るわ！」

エルシィさんが焦りながら言う。

そんなに焦るほどのことかなぁ。

みんな料理と武器のおかげで、だいぶ強化されてるし。

「エルシィ！　魔法の準備！　おれとチビチックで時間を稼ぐ！　魔法一発放って、相手を混乱させてるうちに逃げるぞ！」

「「了解！」」

あ、戦闘が始まるみたいだ。

「盗賊《シーフ》は攻撃力が低いから、ドンパチは苦手なんだが……しゃーねー！　いくぜ！　【閃光斬《せんこうざん》】！」

チビチックさんがダガーを構えて、技を放つ。

ズバババァアアアアアアアアアアアアアアアアアアアアアアン！

「「「…………は？」」」

「わー、ふっとんだね～」

『前方にいた敵がほぼ消えたの～』

チビチックさんの放ったダガーの一撃を受けて、猿たちが呆然としてた。

「あのぉ、戦闘中ですよー？」

「は！　しまった……！　敵が来る……！」

ナイフを持ったお猿さんたちが、シーケンさんに襲いかかる。

「「「GIKIKI～！」」」

「くそっ！　ガードするしかない！」

パキィイイイイイイン！

「「「GI!?!?!?!?!?!?!?!?」」」

「はぁ～～～～～～～～～～～～!?　ナイフが、こ、粉々に砕け散ったぁ!?」

お猿さんたちのナイフの刃が、一瞬で塵《ちり》と成った。

『あの剣士の鎧は、ケースケが神威鉄《オリハルコン》で作ったものじゃからな。並の金属では傷一つつけられんわい』

「スペさん物知りだね～」

のんびり観戦する僕とスペさん。

一方で、シーケンさんとチビチックさんが慌ててる。

「ど、どうなってんだよ!?」

「ダガーも鎧もおかしなことになってる……！　って、ことは……」

二人が振り返る。

エルシィさんが、精神を集中させ、魔法の準備をしてる。

『あのエルフ、力を貯めすぎじゃな。バフがかかっているのに、あんなに魔力を込めたら、威力がとんでもないことになるぞ』

エルシィさんが目を開ける。

「みんなお待たせ！　魔法使うわよ！」

エルシィさん、目を閉じていたから、二人の異変に気づいてないっぽい。

「エルシィ！　だめだ！」

「まずいって!?!?!?!?!?」

シーケンさんとチビチックさんが、彼女の魔法を止めようとする。けど……。

「【火球《ファイアー・ボール》】！」

その瞬間……。

一〇メートルほどの、大きな火の玉が、エルシィさんの杖先に出現。

「………はへ？」

「待避ぃいいいいいいいいいいいいい！」

呆然とするエルシィさん。

シーケンさんとチビチックさんは、全力で走って、彼女の背後に回る。

『ケースケ、もしものことがあるのじゃ。我の後ろに』

ぽんっ、とスペさんが元のフェンリル姿になって、体を丸める。

僕はスペさんの後ろに待避。あぶな！

「早くこちらに！」

僕が言うと、シーケンさんたちも、スペさんの後ろへと滑り込んだ。

「ちょ!?　まっ……！」

次の瞬間……。

エルシィさんの魔法が、炸裂《さくれつ》する。

チュドォ――――――――――――――――ン！

すごい爆発音と熱波。

スペさんが壁となっていなかったら吹っ飛ばされていたと思う。

「あんぎゃぁあああああああああああああああ！」

エルシィさんが魔法の反動で、後ろにぶっ飛んでいった。

「スキル、【鋼糸】」

僕は針の勇者さんから習得《ラーニング》した派生スキル、鋼糸を発動。

ぱかっ、と開けたカバンの蓋から、糸が吐き出される。

糸がエルシィさんの腰に巻き付いた。

糸に引っ張られて、エルシィさんが空中で止まる。

暴風に遊ばれて、なんか、凧《たこ》みたいになっていた。

ややあって。

「「「…………」」」

僕らの前には、一面の焼け野原が広がっていた。

『けほけほ』

「スペさん大丈夫？」

『平気じゃ。あの程度のとろ火では、神狼《フェンリル》の毛皮は傷つかん』

「そっか、君が火傷《やけど》してなくてよかったよ」

『ケースケぇ、やさしい～のぅ♡』

で。

無数にいた軍隊猿《アーミー・モンキー》たちは、一匹残らず消し炭になっている。

ダンジョンの地面はガラス化を引き起こしていた。

…………うん。

「さぁ、先に進みましょうか」

「「いやいやいやいや!?!?!?!?　ちょっと待って！！！！！！！」」

黄昏の竜の面々が、僕に詰め寄ってくる。

え？

「どうしたんですか？」

「「どうしたんですか、じゃなぁい！」」

いやまじどうしたんだろう……？

「敵を無事に倒せたじゃないですか。何か？」

「あのねえ！　なんなの!?　さっきのあれ!?　おかしいわよ！」

さっきのあれ……？

「どれですか？　チビチックさんの剣のこと？　シーケンさんの鎧？　それとも、エルシィさんの魔法？」

「全部がよぉおおおおおおおおおおおおおおおおお！」

エルシィさんが頭をガリガリかきながら叫ぶ。

「ケースケ君！　絶対あなた何かしたでしょ!?」

「何かって？」

「それは……わからないけど！」

「何かわからないんじゃ、お答えできませんねえ」

「いやたしかに、わからないけど！　でも絶対君がなんかしたんだわ！　絶対きみが……」

まあまあ、とシーケンさんが、エルシィさんを羽交い締めにする。

「落ち着けエルシィ。ケースケくんがたとえ何かしたとしても、無事に敵を倒せたからいいじゃないか」

「そーだぜ、エルシィ。もういいじゃん。オレら無事だったんだからさ」

シーケンさんとチビチックさんは、あんまツッコんでこない。

でも……。

「いやでもぉ！　恐いでしょ!?　こんなすごい力、いきなり手に入るなんて！　彼のせいで、何か体に異常が起きてるんじゃ……」

『おい……エルフ女』

フェンリル姿のスペさんが、ずいっと近づいてくる。

『ケースケのせい、じゃと？　違うじゃろうが。ケースケのおかげで助かったことを、まずは礼を言うのが筋じゃないのか、ん？』

「スペさん、またお口悪いよ。めっ」

スペさんににらまれたエルシィさんは「そ、それはそう……ね」と言う。

「ありがとう、ケースケ君。助かったわ。何したかわからないけども」

「いえ、気にしないでください」

☆

僕の作った装備＋料理のおかげで、黄昏の竜の面々は超パワーアップした。

「そりゃあぁ！」

ズバァアアアアアアアアン！

シーケンさんの神威鉄《オリハルコン》の剣による一撃で、デュラハン撃破。

「おらおらおらおらおら……！」

ズバババババババババッ！

チビチックさんの高速（自称）の連続攻撃で、単眼悪魔《グレムリン》、撃破。

「【業火球《フレイム・ストライク》】！」

どごぉおおおおおおおおおん！

エルシィさんの魔法で、大灰狼《グレート・ハウンド》の大群、撃破。

皆さんが敵を、一蹴してくれる。

今までみたいに、敵が出てくる↓長々と戦闘、ということはない。

ダンジョン探索は、非常にスムーズに進んでいた。

さて。

「いやぁ、ケースケくんのおかげで、おれたちかなり強くなれたよ！」

「モンスター倒しまくって、レベルもそーとー上がったぜ！」

シーケンさんとチビチックさんが、笑顔で言う。

現在、僕らは二六階層を突破。

二五階層へと繋がる階段を上っている。

「よかったです。あ、でも、そろそろ魔力が切れちゃうんじゃないですか。二五階層入る前に、ご飯食べます？」

僕の問いにエルシィさんが答える。

「大丈夫よ。ケースケ君の料理のおかげで、魔物をたくさん倒せるようになったわ。その結果、レベルが上がり、素の力も上がってるの」

はえー、そうなんだ。

「こんだけ強くなったらよぉ、【魔族】も楽勝で倒せちまうかもなっ」

チビチックさんが興奮気味に言う。

「魔族？」

ネット小説ではよく見掛けるフレーズだ。

すごい魔法の力を持っている、とても強い種族ってイメージ。

あ、それと魔王の配下っていうイメージもあるかも。

「スぺさんの部下？」

『いや、我と魔族は無関係じゃ』

「あ、そうなんだ」

てっきり魔王も魔族かと思っていた。

でもよく考えると、スぺさんはフェンリル、魔物だ。

「魔族って言うのはね、かつて存在していた、人類とは敵対関係にあった種族のことよ」

エルシィさんが説明してくれる。

……？

かつて、存在していた……？

「今はいないの？」

「ええ。いないわ。大昔、人類と魔族が激しい戦争を繰り広げていた頃、大勇者ミサカ様が、魔族をやっつけてくださったの」

ミサカさん！

魔族やっつけてたんだ！

わぁ、すごいなぁ！

「魔族は滅ぼされ、以後、彼らは歴史上の表舞台から完全に消えたのよ」

「へえー！」

……ん？

じゃあ、なおのこと、人類って今誰と戦争してるんだろう。

魔王《スペさん》は封印されてたし、魔族は滅んだっていうし……。

ワルージョ女王は、魔王に世界を支配されかけてるって言っていたけど……。

じゃあその魔王って、誰？

スペさん封印後に新しく出てきた魔王？

でも魔族は滅んだんでしょ？

あれ……あれあれ？

……。

………。

…………なんか、きな臭くなってきた。

オタクさんに会えたら、もっと詳しく、この世界のこと調べないとねえ。

「何はともあれ、大昔には魔族っていう、恐ろしく強力な敵対種族がいたの。それよりもっと前、神話の時代には、魔神っていって、もっと強い敵もいたんだけど、そいつらは全員、【聖女神キリエ】様が封印してくださったの」

うーん……色んな新しい単語が出てきた。

全部覚えきれない……。

これがゲームやマンガの固有名詞なら、覚えられるんだけどなぁ。

「つと、そろそろ二五階層に着くぜ」

二六階層から続いていた階段の、終わりが見えてきた。

「もう二五階層！　このまま何事もなくすぐ外に出れそーだぜ！」

「よかった、無事に脱出できそうで。おれ、この冒険終わったら、残してきた幼馴染《おさななじ》みと結婚することになっててさー」

「け、ケースケ君……あのね、このダンジョン突破したら、君に伝えたいことがあって……」

黄昏の竜の皆さん、気が抜けてるのか、饒舌《じょうぜつ》に色々語っている。

何はともあれ僕らは二五階層にたどり着いた。

階段を上りきると、そこは、少し広めのフロアになっていた。

「フロアボスの部屋だな」

フロアボスとは、階層に存在（することもあるし、ないときもある）するボス的なモンスターのことらしい。

「今までもフロアボスは何体も倒してるし、問題ないわね」

「…………」

「チビチック？」

チビチックさんが、前を向いて固まっていた。

かたかた……と体を震わせている。

「どうしたんですか？」

「あ、あ、あれ……あれ……ふろあ、ぼす……」

ホールの奥に、大きな魔物がいた。

翼が生えている、巨大なドラゴン。

……しかし、フロアボスのドラゴンは、横たわって死んでいた。

なぜ死んでるのかわかるかって？

血の池が、死体の周りにできていたから。

そして……。

『ぐちゃ……あむ……もぐ……ごくん……古竜は、筋張っててまずい』

フロアボス・ドラゴンの、腹の上に、誰かが……いた。

「あのドラゴンの上にいるのって、人間ですかね」

「「…………」」

「皆さん？」

三人ともが、まるで雪山の中にいるみたいに、ガタガタと体を震わせていた。

それはかつて、牛さんと対峙《たいじ》したときの、彼らをまた見ているようだった。

黄昏の竜の皆さんは、明らかに、怯えていた。

フロアボスを食らう、その……小さな影に。

『ん？　貴様ら……人間か？』

皆さん、ガン無視。

ええー……。

「あの、皆さん。無視はよくないと思いますよ？　聞かれてるんですから、答えましょうよ」

だが、黄昏の竜の皆さんは、僕の言葉に対しても、何も答えない。

もしかして、あの人に怯えてる……？

「ま、ま、まぞ……魔族……」

エルシィさんが、か細い声で言う。

フロアボスを食らう小さなその人を、指さしながら。

「あれが？　魔族？」

僕はドラゴンの上に座っている、魔族（仮）をよく見る。

パッと見、人間だ。サイズは僕らと変わらない。

ただ、人間じゃない証拠として、頭からツノが生えている。

「な、なんで……なんで……魔族が！　大勇者様が滅ぼしたはずなのに！」

魔族は不愉快そうに顔をゆがめる。

『そいつの名前を口に出すな。不愉快だ。……殺すぞ』

「「…………」」ドサッ！

え!?

「シーケンさん、チビチックさん！」

二人が、その場に白目を剝いて倒れていた。

そんな……。

「人が話してる最中に、寝るなんて、マナー違反ですよ！」

『……妙なガキが一人まじってるな』

魔族さんが僕をにらみつけてくる。

ん？

「目ぇ、悪いんですか？」

お年寄りの人がよく、遠くを見るときに、こう目を細めるじゃない？

あれをやってるのかなって。

『……生意気なガキだ。不愉快だ。全員……消えろ』

魔族さんが指を立てる。

すると……。

ずぉおおおおおおおおおお！

「なっ!?　な、なな、なんて……大きな……魔法の炎！　あんな大きな炎……見たことない！」

この大きめのホールの天井を、覆い隠すほどの、大きな火の玉を作り出したのだ。

「ま、まさか……伝説の極大魔法……【煉獄業火球《ノヴァ・ストライク》】!?」

『ふっ……極大魔法ではない。これは……【火球《ファイアー・ボール》】だ』

愕然《がくぜん》とした表情の、エルシィさん。

「そ、そんな……初級の魔法で……この大きさ……この魔法力……かないっこない……」

ぺたん、とエルシィさんがその場にへたりこんでしまった。

シーケンさんたちは眠ってるし、彼女は戦意を喪失してる。

たしかに……あの火の玉ぶつかったら、ヤバいかも。

『死ぬが良い、矮小《わいしょう》なる人間《サル》め』

くい、と魔族さんが指を曲げる。

巨大な火の玉が、僕らに向かって落ちてくる。

くる、と魔族が僕らに背を向ける。

『結末を見るまでもない。ふ……人間《サル》はやはり、弱いな。火球《ファイアー・ボール》一発で死んでしまうとは』

「あのぉ～生きてますけど？」

『なっ!?　なんだとぉ!?』

魔族さん、驚いてる。

『ば、馬鹿な！　魔法の直撃を食らったはず!?』

「え？　食らってませんよ？　魔法……僕のカバンが吸い込んじゃったんで」

『カバンで吸い込んだだとぉ!?』

魔法の火の玉が地面に激突し、激しい爆発を起こす刹那……。

僕は聖武具、勇者の鞄の蓋を開ける。

そして、派生スキル【魔法■《マジックボックス》】を発動。

魔法■《マジックボックス》の効果は、あらゆる魔法を収納できる、というもの。

「魔族さんの魔法、収納しちゃいました。だから、僕らにはダメージが入ってません」

『………』

「あれ？　魔族さん、額に冷や汗かいてますけど、寒いですかここ？」

魔族さんは目を剝きながら、僕に尋ねる。

『き、貴様……何者だ!?』

「あ、はい。僕の名前は佐久平啓介です」

『名前を聞いたのではなぁあああああああい！』

え、違うの……？

まあ、何はともあれ……。

「魔族さん、そこ、どいてくれませんか。僕……早く外に出たいんです」

『さ、人間《サル》ごときが、上位存在たる魔族に命令するな！』

「命令じゃなくて、お願いなんだけどなぁ。聞いてくれないなら……しょうがない……実力を行使しますよ？」

魔族さんは、なぜか知らないけど、滝のような汗をかいていた。

うーん、今度は暑いんだろうか。

別に暑くも寒くもないけども。

『は、はっ！　い、いい、いいだろう！　魔族の恐ろしさ、存分に教えてやるぅ』

どうしたんだろう、緊張してるのかな？　僕に？　こんな小僧に？　まさかぁ。

☆

ダンジョン二五階層にて、魔族と出会った。

黄昏の竜の皆さんは戦う前から戦意を喪失してしまう。

僕はひとりで、魔族と戦うことになったのだった。

『冥土の土産に教えてやろう！　おれの名前は【煉獄のインフェルノ】！　数多くの英雄を、おれの炎で殺してきた男だぁ‼』

煉獄のインフェルノ……。

そんな……。

『ふはは！　今更怖《お》じ気《け》づいたか人間《サル》のガキぃ！』

「煉獄のインフェルノって……。それ、意味被ってません？」

びきり、と魔族の額に血管が浮く。

「す、すごいわ……あの恐ろしい魔族を前に、平然としてるなんて……！」

這《は》いつくばった状態で、エルシィさんが言う。

え、ギャグじゃないよね……？

何もしてないのに驚かれてるんだけど……なんでだろ？

『ケースケ。我が戦おう。おぬしは下がっておるのじゃ』

スペさんがどうやら、戦おうとしているらしい。

「え、いや大丈夫でしょ。スペさんが出るまでもないっていうか」

黄昏の竜さんとの戦いを見てわかったことがある。

「だって、インフェルノさん、火球《ファイアー・ボール》しか使えないんでしょ？」

『!?』

「いや、だってさっき、すごい自信満々に、どや顔で、『これは火球《ファイアー・ボール》だ』とか言ってたし。弱い魔法しか使えないのに、イキってるのかなって。だいぶダサいなって」

だからあんまり強い感じしないんだよね。

「あんなの僕ひとりでやるよ。スペさんは気絶してるふたりを守ってあげて」

『ふむ……そうか。わかった。しかし、危なくなったら、我がおぬしを守るからな』

ぴょん、とスペさんが飛び降りる。

そして、気絶してるシーケンさんのお腹の上に乗っかる。

スペさんがいれば大丈夫だよね、あのふたり。

『貴様……！　そんな犬っころより、おれのほうが弱いとでも言いたいのか！』

「え、うん（即答）」

だってその子犬、高慢の魔王スペルヴィアだし。

大勇者ミサカさんと並び立つほどの、強い人だもん。

「頭痛が痛いさんより、スペさんのほうが何倍も強いよ」

『…………もう、容赦はせんぞぉおおおおおおおおお！』

頭痛さん、もとい、インフェルノさんは体から炎を出す！

おお！　すごい、なんかドラゴ●ボールみたい！

『殺してやる！　ガキぃいいいいい！』

「【氷槍連射《フリーズ・ランサー》】！」

エルシィさんが魔法を発動させる。

人間の子供くらいの大きさの、氷の槍が、雨あられのごとく敵に降り注ぐ。

だが……。

じゅぅうううううううう！

「そんな！　ケースケ君のおかげで、強化された氷魔法が、当たる前に消滅した！　なんて火力！」

『こんな児戯でおれを殺せるわけがないだろうが！』

と頭痛さん。

「そうだそうだー」

「『おまえが言うのかよ！！！！！！！！！！』」

エルシィさんと頭痛さんがダブルツッコミ。

「炎ポケ●ンに氷の技、こうかはいまひとつ、ですよ、常識ですよ」

「ポケモ●ってなによ！　あ、て、敵が突っ込んでくるわよ！」

「？　頭痛さんはさっきツッコんできたけど」

「ツッコミって意味じゃなくてほら後ろぉおおおおおおおおお！」

うしろ？

あ、頭痛さんすぐ近くまで来てた。

『死ねぇ……！』

ドガァアアアアアアアアアアアアアアアアアアン！

「拳が当たったと同時に大爆発が起きた！　あれが魔族の能力《アビリティ》ね！」

『ふはは！　そうだ、おれたち魔族にはそれぞれ、固有の超強力な力、能力《アビリティ》がある！　おれの能力《アビリティ》【煉獄】は、触れたモノを煉獄の業火で万物を焼く恐ろしい力よぉ！』

「そんな……！　ケースケくぅうううううううううん！」

「なーにー？」

「『なにぃいいいいいいいいいいいいいいいい!?』」

またエルシィさんと頭痛さんが、ダブルで驚いてる。

仲良いなぁ～この人たち。

『そ、そんな馬鹿な!?　どうして貴様無事なのだ!?』

「どうしてって言われても、無事なものは無事だし」

全然痛くもかゆくもないや。

『ふ……まったくレベルの低い連中じゃ。ケースケが何をしたのか、わからぬとはな』

スペさんが後方で腕を組みながら、したり顔でうなずいてる。

「ふぇ、フェンリル様はわかったの……?」

『無論。ケースケに攻撃が当たる瞬間、スキル【反射】が発動していたのじゃ』

・反射（SSS）
↓相手の攻撃が当たる瞬間、眼前に魔法の鏡が出現。敵の攻撃を反射する。
※反射中は攻撃も移動もできない。

『彼奴の能力《アビリティ》、煉獄を、ケースケは完全に反射した。だから、無事なのじゃ』

「攻撃が一切効かないってこと!?」

なんだってぇ!?

「どうしてケースケ君が驚いてるのよ!?」

『攻撃の完全反射だと!?　なんだそれは!?　反則じゃないか!?!?!?!?!?』

「え、戦いにルールなんてあるんですか？」

実際の戦闘にルールとかないよね。

『人間《サル》の分際で煽《あお》りよってぇ!?!?!?!?!?!?!?!?』

「え、これ煽りになるの……頭痛さん?」

『おれの名前は煉獄のインフェルノだぁあああああああああ!』

煉獄さ……頭痛さん（謎の強制力）が、連打を浴びせてくる。

ドガガガガガガガガガガガガガッ!

『ふははあ!　無駄無駄ぁ!　反射は自動スキルじゃ!　いかに素早い攻撃をしてこようと、すべて反射してみせるぞ!』

ちなみに、頭痛さんは反射スキルで弾《はじ》かれた炎で、ダメージを負っていない。

多分そういう能力《アビリティ》なのか、炎に対してすごい耐性があるのかも。

守ってばかりじゃ勝てないってことか。

『ぜえ……はあ……く、くそぉ!　なんだ貴様は……』

「佐久平啓介です。長野県出身で、両親健在、姉がひとり。今度姉に赤ちゃんが生まれる予定です」

『誰が貴様の家族構成を聞きたいと言った!?』

「え、違うんですか?」

『くそぉおおおおお!』

頭痛さんが僕にまたしても、パンチを食らわせようとする。

いい加減うざいな。

パシッ！

『なっ!?』

「あんな素早いパンチを、ケースケ君が受け止めたですってぇ!?」

素早いパンチぃ？

何言ってるんだろう。

「遅すぎて蚊が止まるかと思いましたよ」

『ば、馬鹿な!?　魔族のパワーとスピードは、人間を遥《はる》かに凌駕《りょうが》してる！　攻撃を目視することなど不可能！』

「いや普通に見えてますし」

というか……。

「なんか、頭痛さんもそんな強くないですね」

ここに出てくるモンスターと一緒で、攻撃がすっごく遅いし。

煉獄とかいうたいそうな名前の能力《アビリティ》でも、敵を倒せないし。

『ふ……初めてだよ……このおれをここまでコケにした、馬鹿な人間《サル》はぁ……！』

ばっ！　と頭痛さんが両手を挙げる。

『もぉ怒ったぞぉ！　貴様ら全員！　灰も残らず消し飛ばしてくれるぅううう！』

『ふむ。どうやらやつは、火の魔法に自らの煉獄を付与し、超火力の炎を生成して、このダンジョンまるごと吹き飛ばすつもりのようじゃな』

「なんですってぇ⁉」

頭痛さんが両手を頭上にあげる。

その間に、空中にはさっきよりも大きな、火の玉が形成されていた。

『ふははあ！　もうこれで貴様らは終わりだぁあああああああ！』

うーん、ぶつけられると困るな。

「け、ケースケ君……どうしよう……」

僕には反射スキルがあるから、多分あの攻撃は効かないだろう。

でも……スぺさんや黄昏の竜の皆さんには、ダメージが通ってしまう（反射は僕に対する攻撃を弾くだけだから）。

それは、嫌だった。

「大丈夫ですよ、エルシィさん。あんなのたいしたことないので」

『はっ！　馬鹿な人間《サル》め！　この超巨大炎玉を、一体どうやって防ぐというのだ！』

「いや、防ぐ必要ないですし」

僕は聖武具の蓋を、パカッと開ける。

「収納！」

瞬間……。

シュゴォオオオオオオオオオオオオオオオオオオオオオオオオ！

カバンの中に、空気が吸い込まれていく。

頭痛さんが生成した、【魔法】の火の玉が、カバンの中に吸い込まれていった……。

『…………は？』

頭痛さんは、嬉しくもないのに、ばんざーいしてるという、バカみたいな体勢のまま固まっていた。

『なるほど。勇者の鞄の派生スキル、魔法[redacted]《マジックボックス》を使ったのだな』

「そう、魔法ならなんでも吸い込み、収納できるスキル」

さっきの火の玉は、頭痛さんが魔法で作ったモノ。

ならば、魔法[redacted]《マジックボックス》で収納できる。

そして、収納できるということは、取り出せるということで。

「おかえし」

僕はさっき収納したばかりの、火の玉を、頭痛さんめがけて吐き出す。

ゴォオオオオオオオオオオオオオオオオ！

『ふ、は！　ば、馬鹿め！　自分の炎で、火傷するバカがどこにいる!?』

そう、反射スキルで弾き返された、煉獄の炎で、頭痛さんはダメージを負わなかった。

「自分の炎だけ、なら……ね」

頭痛さんに攻撃が当たる。

『ぬぐわぁああああああああああああああああああああああああああああああああ！』

「ほ、炎の攻撃が効いてる!?　なんで!?」

エルシィさんが不思議がっている。

頭痛さんは自分の煉獄攻撃では、ダメージを負わない。ならば……。

「頭痛さんの煉獄に、僕のスキルを上乗せしたんです」

「スキルの、上乗せ……？」

「はい、【加温】スキルを使いました」

鍋の勇者さんの派生スキル、加温。

「触れたものの温度を、上限なしに上げるスキルです。魔法■《マジックボックス》に取り込んだ炎の温度を、極限まで上げました！」

「あ、上げた……ってどれくらい？」

「六〇〇〇℃！」

たしか太陽の表面温度がそんなものって聞いたことある。

だからその数字にしてみました！

「ろ、六〇〇〇……なんで周りにいるあたしたち無事なの？」

『魔法使いの貴様なら、よく見ればわかるじゃろうて？』

エルシィさんが目を細める。

「！　すごい、こんな高レベルな魔法障壁見たことないわ！　もしかして……」

『ふん、ま、同じ釜の飯を食った仲じゃからな。死なれたら寝覚めが悪いしの』

エルシィさんたちが会話する一方……。

『うぎゃぁああ！　あが、あがが、あがぁああああああ！』

頭痛さんはしばらく悶《もだ》えたあと、動かなくなってしまった。

しゅぅううう……。

黒焦げ状態でピクリとも動かない頭痛さんを見て、エルシィさんが呆然とつぶやく。

「信じられない……まさか、あの恐ろしい魔族を、こんなあっさり倒しちゃうなんて……」

『さすがじゃ、ケースケ！　あっぱれじゃー！』

☆

僕は煉獄のインフェルノさんをやっつけた。

戦闘なんて苦手なんだから、やらせないでほしいですな。

「ほんとに……ほんっと〜に、すごいね、ケースケ君っ」

エルシィさんが立ち上がって言う。

膝ガックガクだった。

どしたんだろ？

長旅で疲れたんだろうか？

「魔族を撃破しちゃうなんて、ほんとすごいよっ！　まるで、勇者様みたいっ」

「え？」

「え？　え？　ってなに？　ねえ」

そういえば、僕が勇者だってこと、言ってなかったや。

しまったしまった。

と、そのときである。

『まだじゃ、ケースケ。まだ、終わってないぞ』

スペさんが険しい表情で僕に言う。

「終わってないってどういうこと？」

『魔族《やつ》は、まだ生きておる！』

頭痛さん、まだ生きてる……？

「そんな！　ケースケ君が黒焦げにしたじゃない！」

『いや、アレを見るのじゃ！』

スペさんが僕の肩に乗っかって、ぴっ、と尻尾で部屋の隅っこを指す。

近づいてみると……。

「なにこれ？　ツノ……？」

エルシィさんが、杖をつきながら、こちらに近づいてきて言う。

「魔族の頭に生えてたツノねそれ……」

『そうじゃ。これは【魔核】という』

「まかく？」

『うむ。魔族のツノであると同時に、核《コア》でもある』

うーん、どういうことだろう……？

スペさんが続ける。

『そのツノの中には、魔族の意識が宿っておる。そしてそのツノがある限り、魔族の肉体は再生するのじゃ』

「!?　さ、再生って……生き返るってこと!?」

エルシィさんが驚愕する。

この人いつも驚いてるなぁ。

「大変じゃない！　このままじゃ、魔族が生き返っちゃうわ！　早く魔核《ツノ》を破壊しないと！」

エルシィさんは僕から魔核を奪い、それを空中に放り投げる。

「【風刃《ウィンド・エッジ》】！」

魔法で風の刃を作り、ツノを破壊しようと試みるも……

ガキィイイイイイイイイイイイイイン！

「魔法が効かない！」

『無駄じゃ。その魔核は、決して破壊できぬのじゃ』

「はぁああ!?　なにそれ！　どういうこと!?」

『魔核はそれ自体が強力な呪物でな。決して壊れぬ、という魔族の始祖による呪いがかかっておる』

「そんな……」

……魔核は呪物。

しかも、壊せない呪いがかかってる……。

魔核から魔族が再生する……って、あれ？

「それって……魔族って不老不死ってこと？」

『ケースケ。さすがじゃ。正解じゃよ』

まじかぁ……。

「そっか、魔核が決して壊せないうえ、そこから魔族が再生するってことは、死なない、つまり、不死の存在なのね……」

『うむ、しかも、力が最も出せる時代の姿となって再生するのじゃ』

若い時代の姿のまま再生する……永遠に。

つまり魔族は不老不死……ってことだ。

なんてこった。

そんなの、チートだ、チーターやないか。

「って、あれ？　エルシィさん、なんで魔族が不老不死って知らないの？」

エルシィさんは結構物知りだ。

エルフだから、長く生きてるはず。

その彼女が、知らない。

でも魔王スペさんが知ってる。

おかしい。

「なんでって……そんなの、どの本にも書いてないもの……」

『それは妙じゃな。魔族が不老不死であることは、我ら七大魔王と、それを封じた大勇者は、知っておるはずじゃぞ？』

！　ミサカさんも……知ってる。

なら、人間間でも、情報共有されてても、おかしくない。

「なんでそんな超重要な情報が、人間の間で共有されてないのかしら……？　大勇者様は絶対に、他の人にも教えるはずなのに……」

……僕の脳裏に、一つの可能性が思い浮かんだ。

廃棄勇者。そして、ミサカさんの、封印。

まさか……。

『ケースケ。おぬしは、時折、頭がキレるな……』

「え、え？　ど、どういうこと……？　ケースケ君？」

……つまり。

「大勇者ミサカさんが得た情報を、握りつぶしたやつがいるんだ」

「情報を制限したってこと？　一体誰が……？」

……誰が、だって。

魔王を封印した、救世主を、邪魔だからって封印した酷いやつらを、僕は知ってる。

「王族……」

「!?　お、王族が……情報を操作したってこと!?」

「多分……」

確証はないけど、でもこんな重要な情報を、ミサカさんはまず一番えらい国王に報告するはず。

それが民間に広がってないってことは、そこで情報がストップしたってことだ。

「あり得ない話でも、ないかもね……。そんなの嘘だ、って信じたくないから、とか。あるいは、余計な混乱を引き起こさないように、とかね」

……いずれにしても、王族のせいで、ミサカさんがもたらした情報が、共有されなかったんだ。

ほんっっっっっっっと、王族って、ロクデモナイ連中！

『して、ケースケよ。これからどうするのじゃ？』

僕は落ちてる魔核を拾う。

「これがある限り、魔族はまた再生するんでしょ？」

『うむ、長い年月がかかるが、しかし……確実にな』

魔族について詳しいスペさんが言うんだから、本当に何年かしたら復活するんだろう。

それは困る。

僕はミサカさんと約束した。

呪いを解いて、二人で外でおにぎりを食べようって。

……いつ彼女が復活するかわからない。けどそのとき、こんな変なやつが、世界にいてほしくない。

ミサカさんが昔を、辛かった時代を、思い出させるような、こいつらを。

生かしてはおけない。

「僕がこいつを封印する」

「ふ、封印!? ど、どどど、どうやって!」

「簡単なことだよ。魔核は呪物……アイテムなんだ。なら……」

「『あ』」

僕は、魔核を手に持ちながら、言う。

「収納!」

シュゴォオオオオオオオオオオオオオオオ!

僕の聖武具、勇者の鞄の中に、魔核が収納される。

そう、僕はミサカさんを苦しめる最凶の呪物、【久遠封縛の匣】すら収納できた。

同じ呪物であるなら、魔核だって取り込めるはず。

『【煉獄の魔核】を収納しますか?』

ほら、できた!

YES!

『条件を達成しました』

『能力《アビリティ》【煉獄】を習得《ラーニング》しました』

ん？

能力《アビリティ》を……習得《ラーニング》……？

『どうしたのじゃ？　ケースケ』

「なんか魔族の能力《アビリティ》を習得《ラーニング》したって」

『！　なんと……そうか。勇者の遺体を取り込むと聖武具のスキルを得るように、魔族の魔核を取り込むと、能力《アビリティ》を獲得できるようじゃな』

なるほど……。

でも、別に頭痛さんの能力《アビリティ》欲しくないんだよね。

正直、加温スキルのほうが役に立つって言うか（食べ物温めるとき便利）。

触れると爆発する能力《アビリティ》なんて、不便じゃん。

『条件を達成しました』

『聖武具のレベルが上がりました』

おっ！

カバンにモノを収納したから、聖武具のレベルが上がった！

『聖武具のレベルが上がりました』

『聖武具のレベルが上がりました』

『聖武具のレベルが上がりました』

…………。

きた！

連続レベルアップ！

ってことは、もしかして、もしかして……！

『【久遠封縛の呪い（レベル２）】を取り出しますか？』

いやったぁあああああああああああああ！

「ど、どうしたのケースケ君。急にテンション上がって……」

エルシィさんは無視！

それより、ミサカさんにかかってる呪いを、解除するほうが先！

「【久遠封縛の呪い（レベル２）】を……取り出す！」

その瞬間……。

僕のカバンがパカッと開いて、中からしゅううう……と黒い湯気のようなものが出る。

そして次の瞬間……。

ピカアアアアアアアアアアアアアアア！

「ぎゃー！　まぶしぃいいいいい！」

『これは、聖なる光……この魔力の波長……こ、これは！』

やがて、光が消える……。

「え、あれ？　なんも起きない？」

特に変わったものは落ちてないし、変化も……見られない。

あ、あれ？

ミサカさんを封印してる呪縛を、一つ、取り除いたのに……。

【……すけ、くん】

まさか失敗したのかな……。

【けーすけ、くんっ】

「え？」

今……ミサカさんの声が聞こえた……ような。

「す、スぺさん……聞こえた？」

『なにがじゃ？』

エルシィさんも、なんのことやら、と首をかしげてる。

でも、僕にははっきり聞こえたんだ。

「ミサカさん！」

【けーすけくんっ！】

やっぱりだ！

大勇者ミサカさんの、声が聞こえる！

「どこにいるんですかっ？」

【多分……けーすけくんの中にいる！】

「ぼ、僕の中ぁ!?」

ど、どういうことだろう？

【多分だけど、けーすけくんの肉体に、わたしの意識が投影されてるんだと思う】

「と、とーえー？」

【有り体に言うと……憑依《ひょうい》、かな。呪いが一つ解けたことで、わたしの魂だけが呪物から抜け出し、けーすけくんの肉体に憑依してるの】

「なるほど、つまりレベルアップして、憑依合体を覚えたってことですね！」

【それはわからないけど……まあそんな感じだと思うっ！】

なるほどっ。わかりやすい！

僕とミサカさんが話してる横で……。

「ね、ねえフェンリル様……ケースケ君、壊れちゃったの……？」

『わ、わからん……じゃが、なんだか楽しそうじゃ。モヤモヤするのじゃ』

ん？

待てよ……。僕の体に、ミサカさんが憑依してる。

僕の見てるものを、ミサカさんも見えてる……ってことは！

僕は勇者の鞄を漁る。

あのスキルを発動。

【どうしたの？　けーすけくん。カバンなんて漁っちゃって……】

「ミサカさん、はいこれ！」

僕がカバンから取り出したのは……。

【それって……おにぎり！】

取り寄せカバンのスキルで、僕は、日本からコンビニおにぎりを取り出したのだ！

ミサカさん、ずっと封印されてたでしょ。

ずっと何も食べてなかったんだよね？

封印解いたあとも、ご飯、食べれてなかった（ミイラ状態だったから）。

急いで、袋を破く。

そして……僕はおにぎりを、食べる。

がぶっ！

【!?!?!?!?】

僕は、もぐもぐとおにぎりを、食べた。

久しぶりに食べる日本のおにぎりは、とてもなつかしく、そして……美味しかった。

【美味しい……】

ボロボロ……と僕の目から涙がこぼれ落ちる。

僕の……ではない。

僕に憑依してる、ミサカさんの涙だ。

【美味しい……おにぎりだ……日本の……おにぎり……もう……ずっと、ずっと……食べてなかったから……】

だから、食べれて嬉しいんだ。

僕はもう一個取り出して、おにぎりを食べる。

パリッ。

もぐもぐ……。ごくん。

【うぐ……うぶ……うぅううう！　うぅうううううううう！】

ミサカさんが泣いてる。

でも、嬉し涙だってことは、わかる。思いが伝わってくるんだ。

「美味しい？」

【うん……うん！　すごく、すっっっごく美味しい！　ああ……もう二度と、食べれないって思ってた……おにぎり、こんなに、美味しいなんて……】

……ミサカさんが泣きながら、この味を、感じてくれている。

【ありがとう……けーすけくんっ。呪いを解いてくれて、おにぎりを、食べさせてくれて……本当にありがとう！】

僕は、ミサカさんが喜んでくれて、本当に……嬉しかったのだった。

☆

魔族の頭痛さんをぶっ倒し、魔核という呪物を取り込んだ結果、大勇者ミサカさんにかかっていた呪いが一つ解けた！

「ミサカさん、おにぎり以外で何食べたい？　なんってでも取り寄せるよ！」

現在、僕の体に、ミサカさんの魂が憑依してる状態だ。

ミサカさん今までずっと飲まず食わずだったからね、美味しいものいっぱい食べさせたい！

【ありがと！　でも、そんな時間ないかも】

「え……そうなの？」

【うん。こっちに出てられるの、あと数分くらいかな。そしたら、また眠りにつくと思う。まだわたしを縛る呪いが完全に解除されたわけじゃないからね】

そっか……。

残念……。

【でも、呪いを解いていけば、外に出れる時間が延びると思うの】

「！　そっか！　じゃあ僕、頑張るよ！　ほどほどに！」

と、そのときである。

「うが……！」「がはぁあああ！」

「ど、どうしたのシーケン、チビチック……うぐぅうう」

黄昏の竜の皆さんが、急に苦しみだしたのだ。

え、どうしたんだろ……。

『いかん！』

ぼんっ、とスペさんがフェンリル姿になる。

『極大聖魔結界！』

スペさんが口を開いて、叫ぶ。

魔法陣が頭上に展開。そこから、半透明なドームが僕らを覆う。

「ゲホ！　ごほ！」「い、息が……息ができる……」「死ぬかと思った……」

なんだったの？　何が起きてるんだ？

【魔王、これってもしかして……】

『……そうじゃ、大勇者。【瘴気《しょうき》】、じゃ』

スペさんはどうやら、状況を理解してるようだ（スペさん、僕にミサカさんが憑依してるのに気づいてるみたい）。

「しょーき、って？」

『死を招く、悪い空気のことじゃ。吸い込むとものの一分もせず、即死する。たとえ勇者であってもじゃ』

死を招く……吸い込んだら死んじゃうってこと!?

「そんな！　瘴気だなんて！」

真っ青な顔で、エルシィさんが説明する。

「いにしえの人間と魔族の大戦時、数多くの死傷者を出したっていう記録が残っている。あやうく、人類が滅びかけたって」

!? 人類を滅ぼしかける、やばい空気。

「おかしいわ。瘴気はその大戦時以降、発生の記録がなかったはず！」

たしかにどうして今発生してるか、気にはなる。

でも、一番気になるのは、今僕らの置かれてる状況だ。

『現在、我が結界を張り、瘴気がおぬしらを殺すのを防いでおる。じゃが、結界の維持には莫大な量の魔力が必要じゃ。あと五分もせぬうちに魔力が切れる』

料理を作って、スぺさんに食べさせれば、魔力を回復させられる。

でも料理を作るための食材を取り寄せるのに、お金がかかる。

つまり……この状態は、長く続かないってこと。

「打開策ないの、スぺさん？　瘴気を消す魔法とか」

スぺさんに尋ねるも、彼女は首を振る。

『瘴気を消すことは、我にはできぬ』

「げほご、そ、そんなぁ～……」

絶望の表情の、チビチックさん。

黄昏の竜の皆さんも、表情が暗い。

……でも。

僕は、不思議と絶望を感じてなかった。

「【大丈夫！】」

僕の声と、そして……大勇者ミサカさんの声が、重なった。

やっぱり、そうなんだ！

僕は、ミサカさんなら、できるって予感があった。

スペさん、さっき言ってたもん。魔王には、消せないって。

そう、つまり、大勇者にならなら、できるって！

「【任せて！】」

「ま、任せてって……どうするの、ケースケ君」

エルシィさんに問われても、僕は答えを持っていない。

「ミサカさん、お願い」

【ＯＫ！　ちょっと、体借りるね！】

ミサカさんに、体の主導権を渡す。

がくん、と僕の体から一瞬だけ力が抜けた。

次の瞬間、体に、不思議な力がみちみち、僕の体が勝手に動く。

「【剣士の君、ちょっと、剣、借りるね】」

「え？　あ、え？　け、ケースケくん……？」

シーケンさんが困惑してる。

ミサカさんは僕の口を借りてしゃべっている。

でも、外から見れば、僕がしゃべってるようにしか見えない。

僕はシーケンさんから、神威鉄《オリハルコン》の剣を借り、結界の外へ出ようとする。

「ちょ!? け、ケースケ君！　何するつもり!?」

『瘴気を打ち消すつもりじゃ』

「瘴気を消す!? そんなの無理よ……瘴気を消す方法なんて、記録に残ってないのに……」

『できる。信じるのじゃ』

エルシィさんはすごく、すごく、心配してるのがわかる。

でも、最終的にはスペさんと僕を信じてくれるようだ。

僕《ミサカさん》は、結界のふちまでやってきた。

【けーすけくん。信じてくれる?】

「うん！　もちろん！」

友達《勇者》が、任せてくれって言ったのだ。僕はただ、信じるのみだ。

ミサカさんは結界のふちに立ち、剣を構えた。

手を前に出し、重心を落として、突きの構えをとる。

「!? そ、その構えは!? まさか！」

「な、なんだよシーケン、あの構えがどうしたんだよ?」

「あ、あれは……伝説の大勇者が使っていた、世界最強の剣技！【聖剣技】！」

「せーけんぎ……大勇者って、神眼の大勇者アイ・ミサカか!?」

「ああ、おれは剣聖《師匠》が使っていたところを見たことがあるから、知ってる。あれは、伝説の聖剣

技！」

僕《ミサカさん》が剣を構えている。

すると、神威鉄《オリハルコン》の刃が強く……輝きだしたのだ。

まばゆい太陽のような、強く、激しく、それでいて温かい……光。

体に、刃を通して力が満ちていく。

「聖剣技【祓魔《ふつま》】！！！！！！」

僕《ミサカさん》は、渾身《こんしん》の、突きを放つ。

放たれた強烈な突きの後から、音が……ついてきた。

ズバァアアアアアアアアアアアアアアアアアアアアアン！

僕《ミサカさん》の剣先からは、光の奔流が放たれる。

それは魔王《スペさん》の張った結界を、容易く貫通した。

強い光を放つ一撃が、大気を震わせ、そして……。

「瘴気が……消えてく!?」

「す、すげえ……部屋中に広がった瘴気が、きれいさっぱりなくなってくぜ……」

エルシィさんとチビチックさんが、驚く。

その一方で、シーケンさんは、声を震わせながら言う。

「……ほんものの、聖剣技だ。師匠のじーさんが、生涯かけて習得できなかった、本物の、大勇者の聖なる剣技だ……」

僕《ミサカさん》の持っている剣が、ぼろぼろと崩れ落ちていく。

「【わわ、剣が壊れちゃった……ごめんなさい！】」

僕《ミサカさん》が、シーケンさんに頭を下げる。

「剣なんてどうでもいいです！　それより……お会いできて、光栄です。伝説の大勇者、ミサカ様！」

ん？

ぶんぶんぶん！　とシーケンさんが僕の手を握って、何度も振る。

「出会ったときから、ただものではないと思っていました！　まさか、ミサカ様が、生まれ変わっていらっしゃったとは！」

なんか、シーケンさん、勘違いしてない？

「今までずっと感じていた違和感の正体がはっきりしました！　あんなに強かったのは、大勇者様の生まれ変わりだからなんですね!?!?!?」

あ、やっぱり～。

【あ、ご、ごめん！　けーすけくん、あと頼んだ！】

「ちょ、ミサカさん!?」

【どうやら時間切れみたいなの！　またね、けーすけくん！】

すぅ……と、僕の体から、ミサカさんの魂が抜けていくのがわかった。

もぉ～……。しょうがないなぁ。

スペさんが子犬姿に戻って、ぴょん、と僕の頭に乗っかる。

『しかし、聖剣技。久方ぶりに見たが、ふふ……やはり、見事なものじゃったな』

スペさんはあのすごい剣技を、見たことがあったから、大丈夫だって言ったんだね。

すごいなぁ、あれ。

ファンタジー小説に出てくる、ヒーローみたいだった。

かっこよかったなぁ。

僕もあんなふうに、かっこよく剣が使えたら……。

『条件を達成しました』

『エクストラスキル【聖剣技（初級）】を習得《ラーニング》しました』

え、あれ!?

「どうしました、大勇者様！」

シーケンさんの中では、僕はすっかり、大勇者の生まれ変わりだと思われてるようだ。

「ちょ、ちょっと放して……スペさんとしゃべりたい」

『む？　どうした？』

僕はシーケンさんたちから離れて、聖剣技を習得《ラーニング》したことを、スペさんに話す。

『なるほど……おそらく、大勇者の魂をその身に宿し、剣を振るったことで、大勇者の剣術スキルが自動的に身についたのだろう』

「そ、そんなことってあるの……？」

『普通は、ありえん。じゃが、おぬしは召喚勇者、この世界のルールから逸脱するものじゃ。だから、そういうイレギュラーが起きても、おかしくはない』

ミサカさんに体を貸して、剣を振るっただけで、大勇者のすごい剣術が、身についたってこと……？

『そうはいっても聖剣技（初級）じゃ。全盛期のミサカの剣には遠くおよばない』

じゃが、とスペさん。

『史上最強の勇者の剣技じゃ。初級で、すでにこの世界でトップレベルの強さを持つな』

え、えっとぉ？

じゃあ、僕、なんにもしてないのに、世界トップレベルの剣士になったってこと？

「「「大勇者様！」」」

振り返ると、黄昏の竜の面々がいた。

そして、僕に……土下座してきた。え、ええ～？　なにぃ？

「大勇者様とはいざ知らず、無礼な振る舞い、本当にすみませんでした！」

「ガキとか言ってほんとすんません！」

「散々怒鳴ったりツッコんだりしたこと、お許しください！」

僕が、伝説の大勇者の生まれ変わりってことに、完全になってる……。

ええー……違うんですけどぉ。

『まあ、ほんとのことを言ったところで、信じてもらえぬじゃろうから、今はこれでよいのではないか？』

まあー……そっか。そうだね。

僕は、この一言だけ言っておく。

「このことは、内密にお願いしますね」

「「「ははぁ――――――！」」」

まあ、なにはともあれ、僕は魔族を倒し、ミサカさんから大勇者の剣術を習得《ラーニング》したのだった。

☆

・聖剣技（初級）
→大勇者アイ・ミサカの得意とする剣術、その初級技を使用可能となる。またミサカの剣士としての記憶を呼び覚まし、トレースする。

「これって……つまりミサカさんみたいに剣が使え、動けるようになるってこと？」

『そうじゃ。さらに、大勇者の使う技の一部を使用可能となる』

「祓魔ってやつも？」

『あれは上級技じゃな。下位互換の技があったはずじゃが、それなら使えるやもな』

さて。

色々片付いたし、地上へと向かって出発しようとしたとき。

「勇者様、お願いがあります！　おれを……あなた様の弟子にしてください！」

パーティリーダーで、剣士のシーケンさんが、僕の前で土下座してきた。

えぇ、弟子だって〜……？

「お断りします」

きっぱり。

だって僕は先を急いでるからね。

早くオタクさんに会って無事を知らせたいし、聖武具のレベルを上げて、ミサカさんを呪縛から解放したい。

やることが多くて、弟子なんて取っている暇がないのだ。

「ごめんなさい」

「そ、そんなぁ〜……。いや、そうですよね。勇者様は、世直しの旅の最中……ですもんね」

え、世直しの旅？

なにそれ聞いてない（当事者）。

『どうやら勝手に勘違いしておるようじゃな』

カバンからひょっこりと、スペさんが顔を出す。

なるほど、勘違いかぁ。まあよくあるよね。

よく知らないせいで、変なふうに解釈しちゃうってやつ。

実は強いのに自覚無しみたいな、ネット小説じゃよくあるやーつ。

というか。

「スペさん、いつの間に、肩の上より揺れないのじゃ。居心地よきじゃ♡』

『ここのほうが、カバンの中に」

収納（スキル）を使わないと、聖武具も普通のカバンのように使えるのだ。

スペさんはカバンに入って、顔だけ出すというスタイルが気に入ったようです。

「勇者様、ならばせめて、おれに剣の稽古をつけてはいただけないでしょうか？　一回だけでいいので！」

そうだなぁ。

うーん……。先を急ぐんだけど……。

でもここまで、一緒に旅した仲間の頼みだし。

稽古くらいならね。弟子にはできないけど。

「いいですよ」

「!?　ありがとうございます！　恩に着ます！」

「いえいえ」

って、あ、そうだ。

ちょうどいいや。

ここで新しく手に入れた、聖剣技のスキルを、試しておこうかな。

いざというとき、焦って使えないってことがないように。
「スペさん、聖武具取り出したいから、カバンから出て」
『やーじゃー♡　ケースケの側におる～♡』
カバンに手を突っ込むと、僕の手に、スペさんがすりすりと頬ずりしてくる。
子犬だけど。ちょっとどいてほしい。
「そーら、菓子パンだよ～」
取り寄せカバンから、菓子パンを取り出して、僕はぽいっと投げる。
『かしぱ――――――ん♡　はむっ！』
スペさんがカバンから飛び出て、菓子パンをキャッチ。
あんぱんをもぐもぐ食べている。
そのすきに、僕は聖武具、勇者の短剣を取り出す。
いきなり長い剣をぶん回すのは恐かったので、短剣さんの聖武具を借りることにした。
短剣さん、ミサカさん、力お借りします。
僕は剣を持って……構える。
シーケンさんが息をのむ。
「!?　なんと……自然体。それでいて、隙のない、構え！　すごいです！」
剣を持ったら、自然と、体が構えをとっていたのだ。
聖剣技は、剣を持つと発動するみたい。

ミサカさんの剣士としての記憶を読み取り、体が、勝手に最適な構えをとったんだろう。

「…………」

かたかた……とシーケンさんが震えていた。

「どうしたんですか？」

「すみません……あなた様に、萎縮してしまってます」

「萎縮……？」

何にもしてないのに、僕……。

「伝説の大勇者と、練習とはいえ剣を交える。緊張してしまいます……」

「ふーん……そういうもんなんですね」

よくわからないや、僕には。

シーケンさんは片手で、がんがん！　と太ももを叩く。

体の震えが、止まった。

シーケンさんの周りの空気が、びりびり……と震えてる……気がした。

「行きます！」

だんっ！

相変わらず、シーケンさんは、ゆっくりと僕に近づいてくる。

ええー……あれだけかっこつけておいて、やっぱりゆっくりなの？

……と思ったんだけど。

「スキル【縮地】！」

あれ、一瞬僕の目線が、シーケンさんから逸《そ》れた。

と思ったら、すぐ近くまで来ていた。あらまぁ。

「ぜやぁあああああああああ！」

シーケンさんが剣を、ものすごい勢いで振るってきた。

当たると痛そう……。

そう思ってると、体が勝手に動いた。

「聖剣技【流水】」

シーケンさんの剣を、短剣の腹で受ける。

そのまま、つるん……とシーケンさんの刃が滑った。

「これは……受け流し!?」

シーケンさんは、そのまま地面に倒れる。

『今のは初級聖剣技【流水】。敵の攻撃を、最小限の動きで受け流す技じゃ』

いやぁ、それにしても、すごいなぁ。

僕は単に剣を持って立ってただけだ。

それなのに、体が勝手に、技を使ってくれたのだ。

「も、もう一本お願いします！」

「いいですよー」

つるん。

ドシャッ！

突っ込んできたシーケンさんの攻撃を、流水でかわす。

つるん。

ドシャッ！

そんなふうに繰り返してるうちに、僕はだんだんと、聖剣技スキルについて理解してきた。

剣を持ってる間は、僕の体には、ミサカさんの剣士としての記憶が宿っている。

僕の思いに呼応して、最適な動きをしてくれるみたい。

こうして実際使ってみて、スキル効果がよくわかった。

「ぜえ……はあ……っ、次は……打ち込みを……お願いします！」

「打ち込み？　僕が攻撃していいんですか？」

「はい！」

すちゃっ、とシーケンさんが腰を落として、構える。

攻撃か……。あんま本気出したら、だめだよね。

ミサカさんは今休眠中だから、さっきみたいな化け物じみた力を、今の僕では発揮できない。

とはいえ、ミサカさんのパワーがなかったとしても、僕は魔族を圧倒する力を持つ。魔族に怯えていた彼らより、僕のほうが圧倒的に強い状況である以上、下手したら彼を傷つけてしまうかもしれない。ここまで案内してくれたシーケンさんに、そんなことできない。

なので、全力は出せない。出さないぞ。

そう、決意すると……

「お、お、体が動く……！」

すぅ……と僕は、片手を前に突き出し、腰を落とす。

「くぅ……なんて……プレッシャー。勇者様の圧倒的な殺気に正直……気絶しそうです……」

あ、ボンヤリ考え事してたら、なんかシーケンさんが疲れてそうな顔をしていた。

熟練剣士のミサカさんの記憶が、僕の中に入ってるからかな、僕はすぐに気づいた。

「体に無駄な力が入りすぎですよ」

「！　な、なるほど……」

す……とシーケンさんが体から力を抜く。

あ、良い感じ。

「じゃ、いっきまーす」

僕は突きの構えから、初級技を放つ。

「【閃光】」

ガキィイイイイイイイイイイイイイイイイイイイン！

「ぐわぁあああああああああああああ！」

あれ、今何が起きたんだろう……？

気づけば、シーケンさんが、ぶっ飛んでいた。

僕は……さっき立っていた場所から移動していた！

シーケンさんの神威鉄《オリハルコン》の剣が、粉々に砕かれている。

「わー！　ごめんなさい！」

倒れ伏すシーケンさんの元へ行き、魔神水で回復させる。なんてこった。こんなパワーが出るなんて！　力をセーブするつもりが傷つけてしまった。申し訳ない……。

「ち、チビチック……何が起きたのか、わかった？」

「ぜ、全然……。勇者さんが消えた、と思ったら、シーケンがぶっ飛んでた……」

チビチックさんたちも、僕と同じ感想らしい。

「ほんと、ごめんなさい！」

「気にしないでください。稽古をつけてほしいと頼んだのはこちらですし。ケガすることも織り込み済みです。勇者様が謝る必要はありませんよ」

うう……優しい。でも、何が起きたんだろう。僕がやったことなのに、理解できていなかった。

こんなときは。

「教えて、解説のスペさん」

『しかたないのぉ～』

スペさんは腕を組み、ちょっと得意げになりながら、今の出来事を解説してくれる。

『今ケースケが放った技は、初級聖剣技【閃光】。超高速の突きを放つ技じゃ。ケースケが超高速で放った閃光が、剣士の神威鉄《オリハルコン》の剣にぶつかり、そして吹っ飛ばされた……これが、先ほどの出来事じゃ』

「「な、なるほどぉ～」」

ん？　とエルシィさんが首をかしげる。

「って、なんで君も感心してるの!?」

「え、いやだって僕も何が起きたかわからなかったし」

「自分で撃った技なのに!?　どういうことなの!?」

ミサカさんのスキルだからね、これ。

あれ、でもおかしいな。

「僕には神眼があるのに、どうして閃光を目で追えなかったんだろ？」

『それはケースケ、おぬしの練度が足りないからじゃな』

「練度……」

『うむ。おぬしの眼も、剣術も、まだまだ……完全には使いこなせておらぬ。今はまだ、強い力を持ってるだけに過ぎんのじゃ』

経験値が足りないって言いたいのかな……？

そうだよ、僕の力……全部もらいものだし。

圧倒的に使う回数が少ないしね。

『練度の上昇に伴い、より強い……本来の、神眼の大勇者の力が行使できるようになるのじゃ』

シーケンさんが立ち上がり、声を震わせながら言う。

「これでまだ……全力ではない、のですか……？」

『うむ。運が良かったな、おぬし。これでケースケが殺す気だったり、もっと熟練度が上がっていたときに手合わせしていたら、額にこぶ程度じゃ済まなかったぞ』

なるほどねえ。

「ご指導、ありがとうございました……！」

バッ！　とシーケンさんが僕に深々と頭を下げてきた。

「自分は、まだまだだと痛感させられました！　少し、天狗《てんぐ》になっていたところ、鼻をへし折ってくださったこと、感謝します！」

天狗になってたって……。

駆け出しなのに？　ちょっとそれは早いんじゃ……。

「あなた様から受けた、ご指導。あなた様の流麗な剣技。この目に、記憶に……しかと、焼き付けました。この経験を一生忘れず、死ぬまで、鍛錬を続けようと思います！」

あ、熱い……。

「頑張ってください」

正直僕、ちゃんと教えられたとは思えないんだけど……。でも、シーケンさんは何か掴んだようだった。少しは力になれてよかったよかった。

「じゃ、先に進みますか」

「「はいっ……！」」

エピローグ

その後、僕たちは順調にダンジョンを進んでいった。

出てくる敵は、強くなった黄昏の竜の皆さんが瞬殺してくれた。

僕は後ろからついてくだけでよかった。

そして、二五階層から、二日後。

僕たちはついに、ダンジョンの出入り口までやってきた、のだけど……。

「扉……閉まってるね」

目の前には、大きな鉄の扉があった。

扉表面には複雑な模様が描かれており、ぼんやりと光っているのがわかる。

「ど、どうなってるんだこれは!?」

あれれ、シーケンさんが驚いてるぞ？

「どうしたんです？　早く扉を開けて外に行きましょう」

「……ケースケ様。恐れながら申し上げます」

シーケンさんはすっかり、僕に対して、恐縮するようになってしまった。

大勇者だと思ってるらしい。

「ダンジョンの出入り口には、扉なんてものは存在しません」

「なんと。え、じゃあこれは、異常事態ってことです？」

なんで急に扉なんてできたんだろ？

「おれが開けましょう。ふんぬ！　ふんぐぅうううううううう！」

シーケンさんが渾身の力をこめて、扉を押す。

チビチックさんとそろって、あーでもないこーでもない、と扉を開けようと躍起になっている。

結果。

「どうやっても開かないようです」

「カギがかかってる感じもしねーっすわ」

「魔法でも剣でも開けられないみたいだわ」

ってことが、黄昏の竜の皆さんの検証でわかった。

うーん、わからない。わからないときは……。

「鑑定！」

・七獄《セブンス・フォール》【高慢の迷宮】の扉
↓迷宮が生成した扉。迷宮の意思が許さぬかぎり、決して開くことはない。物理・魔法攻撃無効。
※破壊不能オブジェクト

・破壊不能オブジェクト
↓この世の理では、破壊することのできないものの総称。


僕は情報をみんなに共有する。

「め、迷宮が生成した扉!?　そんな現象、聞いたことないわ！」

「破壊不能オブジェクトっていう単語も初めて聞いたぜ。何が起きてるんだ一体……？」

黄昏の竜の皆さんが困惑してる。

一方、スペさんが冷静に言う。

『おそらくはこの迷宮、ケースケを外に出したくないのじゃろう』

「はえ？　僕を？　どういうこと？」

『迷宮は生物じゃ。生き物である以上、栄養を取り込まねばならぬ、と前に説明したじゃろ？』

ミサカさんが封印されていた部屋で、たしか、スペさんがそんなこと言っていたような。

『迷宮は、栄養価の高い、とても美味しいエサを外に出したくないのじゃ』

「栄養価の高いエサ……？」

『うむ。大勇者の力を継承し、九つの神器を自在に操る、強者《ケースケ》をな』

なんと、迷宮は僕を食べたいがために、出入り口をふさいでしまったようだ。

「ごめんなさい、僕のせいで、皆さんが外に出れなくなって」

黄昏の竜の皆さんにペコっと頭を下げる。

人様にめーわくかけるのはよくないもん。

シーケンさんたちは「いいえ、大丈夫です」と強がってみせた。

でも不安そうにしている。

「しかし、どうしましょう。迷宮の出入り口は一つしかありませんし」

「あの、敬語いいですよ。シーケンさん。てゆーかやめてください」

年上の人に敬語使われるの、なんかやだし。

「わ、わかったよ、ケースケくん」

「ありがとうございます。てか、そうだ……この世界、テレポート的な手段はないんですか？　転移的な」

僕は一つ気になっていたことを尋ねる。

僕は、気づいたら王城から、このダンジョンの最下層に来ていた。

でも、どうやって僕をここまで連れてきたのか、ずっと疑問だった。

一番簡単な答えは、テレポート的な手段があって、王城からここへと送り届けたということ。

テレポートできるなら、たとえ出入り口をふさがれても、脱出はできるはず。

チビチックさんが答える。

「転移する手段はあるけど、ものすげえ高いんだ」

あるにはあるんだ。

「転移結晶っつって、使うと迷宮の外に出る魔道具《マジックアイテム》があるんだ」

「転移結晶……魔道具！」

なんかファンタジーだ。

「どれくらい高いんですか？」

「少なくとも、オレらじゃ逆立ちしたって買えないなぁ」

この人たちが転移結晶を持ってないってことは確定した。

「エルシィさん、念のために聞いておきたいのですが、転移的な魔法は使えます？」

「ううん、使えないわ。転移魔法は、古代魔法っていって、現代で使える人は数えるほどしかいないの。ごめんね」

そもそも、使えるなら最初から使ってるだろうしなぁ。

「フェンリル様のお力で、ダンジョンの壁を破壊するのはどうでしょう？」

『やってみよう』

ぼんっ、とスペさんがフェンリル姿になる。

我ビームを、放った。

ビゴォオオオオオオオオオオオオオオオ！

『む！　ビームが、曲がる！』

壁に向けて放ったつもりの我ビームが、急に向きを変えて、扉に直撃。

扉は大きな音を立てたけど、破壊されることはなかった。

『特殊な力場が形成されてるようじゃ。攻撃がすべて、扉に向かってしまう』

「万事休す……か」

『ケースケ、どうする？』

スペさんを含め、みんなが僕に期待のまなざしを向けてくる。

「やってみる！　みんな、下がってて」

僕は扉の前に立ち、カバンを大きく開く。

「収納！」

シュゴォオオオオオオオオオオオオオオオオオオオオオオ！

カバンの中に向かって、空気が吸い込まれていく。

「しゅ、収納……？　ケースケ君は何をするつもりなの？」

「あの扉を、収納してみます！」

スペさんだけはいち早く、僕の意図に気づいたようだ。

『そういうことか！　あの扉は……破壊不能。攻撃をすべて無効化する！　じゃがケースケの収納は、攻撃では……ない！』

勇者の鞄による得意技、収納。

ものを、ただしまう。

攻撃じゃないのだから、収納自体は、扉に対して有効！

けど……。

「だ、だめだわ！　扉がびくともしない！」

『く！　どうやら扉は壁にがっちり固定されてるようじゃ……』

カバンに収納するためには、物を吸い込む必要がある。

裏を返すと、吸い込むことができないと、収納不可能。

こんなふうに、がっちり踏ん張られると、モノを収納できないのだ。

「そんな、無敵のケースケ君の収納が、通用しないなんて！　もう、お仕舞いだわぁ〜〜!!」

エルシィさんがギャン泣きする。

シーケンさんたちの表情にも、諦めの色が見えた。

『いや、ケースケは、諦めておらん！』

スペさんだけは、僕を信じてくれている。

『あやつは、すごい子じゃ。魔と勇に認められし男じゃぞ！　こんな障害くらい、容易く超えてみせる！』

そのときだった。

『条件を達成しました』

『聖武具が進化します』

聖武具が、進化？

瞬間、僕のカバンの形が変わる。

『勇者の鞄は、【勇魔の鞄】へと進化しました』

今まで少し小さめのカバンだったのが……。

大きめの、カバンになった！

『進化に伴い、ユニークスキル【蠅王宝箱《ベルゼビュート》】を習得《ラーニング》しました』

蠅王宝箱《ベルゼビュート》!?

なんだそれ、と思った次の瞬間……。

「な、なんだあの、【触手】は!?」

カバンから無数の、黒い触手が生えてきたのだ！

それらは扉に向かって伸びていく。

無数の触手が扉のふちに手をかける。

そして、ず、ずずずずう！　と扉を引っ張る。

みし！

「見て！　扉の周囲の壁にひびが！」

『これが……新たな聖武具の力じゃ！　蠅王宝箱《ベルゼビュート》、カバンから触手を出し、異次元の力で対象を引き寄せ、そして絶対に収納する！』

なんで、スペさんがそんな詳しいのか気になった。

『これは、暴食の魔王の力！　つまり今のケースケには、勇者と魔王、二つの力が備わっておる！

こんなの前代未聞じゃあ！』

無数の触手が、扉を……。

みしみし、ばきぃいいいいいいいいいいいん！

「「「扉を、壁から引っこ抜いたぁ!?」」」

新しい力、蝿王宝箱《ベルゼビュート》。

僕のカバンからあふれ出した、黒い触手が、扉を力尽くで……引っこ抜いた！

「やった……！　って、やばい！　あんなでっかい扉、ケースケ君のカバンの中に入らないわよ!?」

『心配するな。蝿王の権能は【暴食】。たとえどんなに大きなものであろうと、飲み込んでしまうのじゃ』

無数の触手は扉をがんじがらめにしていく。

どんどんと、小さくなっていき……。

やがて、野球ボールくらいの大きさになった。

黒いボールは僕のカバンの中にすぽっと入る。

『聖武具のレベルが上がりました』

『派生スキル、【救急■】《ファーストエイドボックス》を習得《ラーニング》しました』

『派生スキル、【魍魎■】《イビルボックス》を習得《ラーニング》しました』

『派生スキル、【聖■】《アーク》を習得《ラーニング》しました』

扉を収納したことで、レベルアップして、新しいスキルを覚えたみたい。

それも、一気に三つも！

「す、すごいぞケースケくん！」

「やっぱりあんたはたいしたやつだ！」

「破壊不能オブジェクトを取り込んじゃうなんて！　すごすぎるわ！」

わっ、と黄昏の竜の皆さんが駆け寄ってくる。

『見事じゃ、ケースケ。実に、見事。聖武具をまさか、こんな短期間に進化させるなんて、思わなかったぞ。あのミサカに並ぶほどの才能じゃ』

ミサカさんに匹敵する……才能……かぁ。

えへへ、嬉しいなぁ。

「見て……外よ！　ああ、久しぶりの、地上の光！」

たっ、とエルシィさんが外へ向かって駆け出す。

僕も……知らず走っていた。

そして……。

「わぁ……！」

そこには、異世界が……広がっていた。

眼前には森が広がっている。

『ここは小高い丘になっておるでな。よく、遠くが見えるじゃろう』

「うん……うん！　すごい……世界って……こんなに広いんだ！」

異世界の空も、現実の空と同じで青く、どこまでも遠くまで広がっていた。

空気が、美味しい。

日の光……あったかい。
ああ……やっと……やぁっと……。
僕は、外に……来たんだぁ。
『まだ終わりではないぞ、ケースケ。ここからじゃ。おぬしの、異世界生活はの』
あ、そうだった。
まだダンジョン出ただけだった。
これからやりたいこと、いっぱいある。
オタクさんに会いたい、ミサカさんを自由にしたい。
そして……この世界を、のんびり旅したい。
『どこまでも、お供するぞ、我が主よ♡』
ぴょんっ、とスペさんがジャンプして、僕の頭に乗っかる。
そうだ、まだ旅は始まったばっかりだ。
「よし……行こう！」

～～～～～～～～～～～～～～～～～～～～～～～

ステータス
名前：佐《さ》久《く》平《だいら》啓《けい》介《すけ》
種族：人間

称号：勇魔
加護：魔王の加護、大勇者の加護
聖武具：九個所有

・勇魔の鞄
固有スキル：蠅王宝箱《ベルゼビュート》
派生スキル：取り寄せカバン
■庭《ハコニワ》
魔物■《モンスターボックス》
魔法■《マジックボックス》
救急■《ファーストエイドボックス》
魑魎■《イビルボックス》
聖■《アーク》

・大勇者の神眼
固有スキル：神鑑定
派生スキル：超視力他（※省略）

・勇者の短剣
固有スキル：隠密《ハイド》（最上級）
派生スキル：マッピング、解体、鍵開け（最上級）

・勇者の鍋
固有スキル：調理（最上級）
派生スキル：絶対切断、加温

・勇者の針
固有スキル：裁縫（最上級）
派生スキル：麻酔針、鋼糸

・勇者の靴
固有スキル：ウォーキング
派生スキル：空歩、縮地

・勇者の箒
固有スキル：クリーニング

派生スキル：浄化、突風

・勇者の鏡
固有スキル：ミラーサイト
派生スキル：反射、幻影

・勇者の鎚
固有スキル：鍛冶（最上級）
派生スキル：全修復、武具強化付与

《スペルヴィア視点》

我の名前は高慢の魔王スペルヴィア。

世界でただ一匹しかおらぬ、神狼《フェンリル》。

世間からはSSS級モンスターだの、天災級だの化け物だのと呼ばれておったわ。

我の生まれは、蓬莱山《ほうらいさん》と呼ばれる、仙境（仙人しか入れない不思議な空間）じゃ。

我を産んだのは、【魔法神ディアベール】。

魔法神《ディアベール》は、この蓬莱山でひとり暮らしとったらしい。

やがて、彼は晩年になって、自分の神の力を七つに切り分けた。

そこに自我が芽生え、我ら【七大魔王】が生まれたのじゃ。

七大魔王。

魔法神の力を受け継ぐ、七匹の化け物。

色欲《ルクスリア》、暴食《グーラ》、嫉妬《インヴィディア》。

強欲《アヴァリーチア》、怠惰《ピグリティア》、憤怒《イラ》。

そして、高慢《スペルヴィア》。

我らは魔法神のもとで、生まれ、そして一緒に暮らした。

魔王どもは全員、我の強いやつでな、毎日のように皆でケンカしとった。

我？
我はケンカなんてせぬかった。
痛いのは、嫌じゃからな。
まあそれはさておき。
七大魔王たちは、不思議と誰も魔法神の側を離れようとせんかった。
生みの親のことを好いておったのじゃろうな。
しかし魔法神はある日、老衰で死んでしまう。
魔法神の死亡とともに、蓬萊山は消滅。
残された我ら七匹の魔王たちは、それぞれ自分の道を歩むことにした。
我が望むものは、穏やかで静かな暮らし。それだけじゃった。
じゃが……。
周りの連中は、我を放ってはおかなかった。
この大きな体、鋭い爪と牙、そして魔力を常に放つこの白き毛皮。
そのすべてが、人間たちから見れば、恐怖の対象だったらしい。
我はどこへ行っても、人間たちから恐れられた。
そして、人間たちは我を敵と見なしたのか、戦いを仕掛けてくるようになった。
我が必死になって逃げても、追いかけ回してくる。
なぜ追い回す？　恐いなら逃げればいいのに。

我は戦いたくないのに。

……後になってわかったことじゃが、どうやらこの魔力を放つ毛皮が、とても貴重なものらしい。

我は……逃げ続けた。

じゃが、逃げても逃げても人間どもは追いかけてくる。

誰ひとりとして傷つけたこともないし、まともに戦ったことなんてないのに……。

気づけば、我には【高慢の魔王】なんていうあだ名がついておった。

『人間なんぞ、我が戦うに値しない、矮小なる存在だと見下してるんだ、あの魔王《フェンリル》は』

……風の噂で、我をそう評価してるのを聞いたことがある。

なんじゃそれは、見下してなどおらんわ。

普通にこっちは恐くて逃げてるだけじゃ……！

我はずっと逃げ続けた。

やがて、年貢の納め時が来る。

我の前に、【彼女】が現れたのだ。

黄金の瞳を持ち、白銀の剣を携えた……女剣士。

神眼の大勇者【アイ・ミサカ】。

あの女は、不思議な眼力を持っておった。

我を外に出さぬ結界を張り、退路を塞いだ。

そして……襲ってきた。

とんでもない強さじゃった。

我は、逃げたかった。でも結界に行く手を阻まれ逃げられなかった。

降参じゃ、と言っても、ミサカは襲ってきた。

……今にして思い返せば、ミサカは何か【事情】があるように思えた。

どこか、思い詰めた顔をしておったからな。

ともあれ、死にたくない我は、大勇者と死闘を繰り広げた。

そして長い長い戦いのあと……。

ミサカは、我をあと一歩で殺すところまできた。

やつが、剣を振り上げる。

……我は、泣いた。

……悲しかったのじゃ。

戦いなんて望んでないのに、誰にも迷惑をかけたくないのに、最強種として生まれたが故に……殺されてしまうなんて。

涙がこぼれたそのとき。

『う……あ……』

ミサカは、頭を押さえ、うずくまった。

何かに苦しんでおるようじゃった。

ミサカは苦しみながら、我を殺すのではなく……絶対結界に閉じ込めた。

『なぜ殺さぬ……？』
『ごめん……なさい……』
それだけを言い残し、ミサカは立ち去った。

☆

それから、我は暗いダンジョンの底で、ひとり過ごしていた。
このダンジョンには誰も人が寄ってこなかった。
理由はわからんが、まあ、好都合じゃった。
これで、もう恐い思いをしなくていい。
我はもう、ここでひとりで、朽ち果てていい。
そう思った。
……そんなはずないのに。
ほんとはさみしかった。
誰かに、ぎゅっと抱きしめてほしかった。
誰かと一緒に美味しいご飯を食べたかった。
でも……もうその望みは、叶《かな》わない。
ここで、永遠の孤独を、味わい続ける……。

そう思っていた。

そんな絶望の中……あの子が、我の前に来たのじゃ。

「あ、あわ……あわわわ……」

彼は子供じゃった。

我を見て、恐怖するでもなく……

「お、狼ぃー!?」

我は、驚いた。この恐ろしい姿を見て、その子は魔王《フェンリル》ではなく、狼と言ってきたのだから。

『まあ、待て。人間よ』

「あ、はい」

「『え?』」

『え、おぬし? なぜ何もせぬのじゃ?』

「え、だって待てって言うから……」

……おかしなやつじゃ、と思った。でも同時に、嬉しかった。

我を恐れず、普通に、接してきたから。

……その後、彼は我を救ってくれた。

暗い地の底から、救い出してくれた。

なあ、ケースケよ。

おぬしは、知らないじゃろうな。おぬしと出会って、我の人生……いや、犬生が、一八〇度変わったことに。
おぬしにギュッとしてもらえたこと、温かいご飯を作ってくれたこと。
そして何より、普通に、友達として接してくれたこと。
おぬしが我にしてくれたことが、どれだけ、我の救いとなったか。
ケースケ、おぬしは我の命の恩人じゃ。
そして、大好きな人じゃ。
これからもずっと、我はおぬしの側におるぞ。
何があっても、おぬしの味方でおるからな。

おまけ「風呂は心の洗濯さ」

それは黄昏の竜の皆さんと、ダンジョンを脱出してる途中の出来事だ。

■庭《ハコニワ》にて。

皆さんは僕の作ったご飯を食べた後、寝る準備をしていた。

あれ？

「皆さん、もう寝ちゃうんですか？」

リーダーのシーケンさんが首をかしげる。

「そうだが、他に何かすることでもあるかい？」

「ありますよ。お風呂とか」

「風呂……？　いや、入らないが」

なんとー!?

「随分驚くんだね。野宿で風呂なんて入れないだろう？」

「いやまあ、そうですけど……」

僕もたしかに、このダンジョンに捨てられてから今日まで、お風呂入ってないけどさ。

でも日本人として、毎日お風呂に入れないのは我慢なりませんっ。

異世界に来てそこそこの時間が経過してる。スペさん、そして黄昏の竜の皆さんと出会ったことで、僕は心の余裕を取り戻している。

だからこそ、だ。風呂に入りたい！　そんな欲求がむくむくとわき上がってきたのである。

「お風呂、作ります！　だから入りましょう」

「いや作るってどうやって……？」
■庭《ハコニワ》にはお風呂場がない。ならば、作るしかない！
「取り寄せカバン！　いでよー！」

ぼんっ、と何もない空間から、一つの大きなドラム缶が出現する。

『これはなんじゃ？　食べ物かの？』

スペさんがドラム缶に近づいて、ふんふんと鼻を鳴らす。

スペさん、僕が取り出すモノ全部ご飯だと思ってる。もう、食いしん坊ワンコめ。

「違うよ。これはドラム缶」

『なんじゃ食べ物じゃないのか……どうでもよいのじゃ』

スペさんが僕の頭の上にぴょんっと乗っかる。

「んでもって、取り寄せカバン！　温泉！」

ドラム缶が一瞬でお湯で満たされる！

「わ、これ温泉？　温泉よね！　硫黄の匂いするわ！」

エルシィさんが目を輝かせながら、即席ドラム缶風呂に近づく。

温泉ってこっちにもあるんだなぁ。

「わー！　すごいわケースケ君！　野宿中なのに、お風呂まで作っちゃうなんてっ」

どうやらエルシィさんはお風呂大好きエルフっぽい。まあ、女子だもんね。

僕の姉ちゃんもお風呂大好きだ。女の子はいつだって身ぎれいにしたいって言ってたもん。

『ふん、風呂なんて。興味ないのじゃ』

スペさんは女子なのに、あまりお風呂に興味ないみたいだ。

「じゃあ、男チームは向こうでお風呂入ってますので。エルシィさん、スペさんをお風呂に入れてあげてください」

「了解！」

僕はスペさんをエルシィさんに渡す。

『け、ケースケ！　我は風呂なんて入らなくていいのじゃ！』

「だーめ。女子なんだから。ちゃんと体を綺麗にしてください」

『風呂なんぞ入らなくても死なないもん！』

「だめ。入るの。入らないと……おやつ抜き！」

『しょんなぁ～……』

厳しい言い方になってしまった。でも、スペさん、君は毛皮を身につけてるんだ。ちゃんと綺麗にしておかないと、皮膚病になってしまうんだよ。

だから、ちゃんと綺麗綺麗しておいてね。

僕はシーケンさん、チビチックさんを連れて、■庭《ハコニワ》の端っこへと移動。

ドラム缶風呂を新たに用意する。

「ほぉお……これは、気持ちいいな……」

「ああ……疲れがほぐれるぜえ……」

二人とも異世界の温泉を気に入ってくれたようだ。

僕はお湯の温度を管理してる（お湯を注ぎ足し、あふれ出るお湯を収納してる）。

「ケースケくんも入らないのかい？」

「あとで入りますよ～」

あ、そうだ。女子チームのお湯も入れ替えないとな。

僕は男子風呂を離れて、女子風呂へと向かう。

おっと、お風呂イベント。こういうときって、女の子の素っ裸《すっぱだか》を見て、きゃーえっちぃ！　ってなる場面だ。

しかしね二人はドラム缶風呂に入ってるのです。

ドラム缶に隠れて、体が見えないわけです。だから、えっちぃ！　になることはない！

「「きゃー！」」

どしーん！

……え？

僕の目の前には、裸の美女が二人、倒れている。

一人はエルシィさん。そしてもう一人は、スペさん（人間形態）！

え、え、えー!?

二人がなんで全裸で倒れてるのぉ!?

「おお、ケースケ。すまんお湯をこぼしてしまった」

スペさんってば、裸を隠そうとしない!

大きな胸が、ばるんと揺れる! あわわわ!

「温泉が存外気持ちよくてのぅ。人の姿で手足を伸ばして入ろうとしたのじゃ。が、ドラム缶に二人は窮屈でのぅ。エルフ女が出ようとして、こけてしまって……む? どうした?」

「前! 隠してよぅ!」

スペさん、すごいナイスバディなんだから! 目に毒です!

「ほほぅ~♡ なんじゃケースケぇ、我によくじょーしておるのかぁ? んんぅ~?」

「か、からかわないでよ! 早く前隠して! はいタオル!」

僕はタオルを取り寄せて、二人に突き出す。

「なんじゃなんじゃ~♡ ういやつめ~♡ 美女二人と混浴でもするか?」

「しません!」

僕はその場を走って逃げ出したのだった。ちなみに、エルシィさんは僕に裸を見られて、ずっとフリーズしてたのだった。

あとがき

初めまして、茨木野と申します。

この度は、「カバンの勇者の異世界のんびり旅（以下、本作）」をお手に取ってくださり、ありがとうございます。本作は、小説家になろう（以下、なろう）に掲載されたものを、改題・改稿したものとなっております。

本作の内容について説明します。主人公は来春から高校生となる男の子。ある日突然異世界に召喚される。彼に与えられた固有の武器は、なんと『勇者の鞄《かばん》』。その結果、ハズレだとしてダンジョンに廃棄されるも、実はめちゃくちゃチート武器だった……みたいな。ハズレ武器で異世界無双していく、最強主人公ものとなっております。

尺が余ったので近況報告を。

二〇二四年一一月をもって、作家デビュー六周年を迎えました。

二〇一八年にデビューしてからの六年間で、色んなことがありました。

特に嬉《うれ》しかった出来事といえば、自著のアニメ化が決まったことです。

二〇一五年に小説家になろうでお話を書き始めて、ちょうど一〇年目に、アニメが放映される運びになりました。アニメ化が決定したのは少し前ですが、その時は本当に嬉しくて、思わず「やったぁ！」とリアルで叫び、喜んだことを覚えてます。

また、次に嬉しかったことといえば、著者累計一〇〇冊突破したことです。漫画も含まれますが、一〇〇冊も出させていただけました。これも全て、読者様のおかげです！　ありがとうございます！　七年目も頑張ります！


続いて、謝辞を。

イラストレーターの『いずみ　けい』様、素敵なイラスト、ありがとうございます！　特に口絵のスペさんがお気に入りです！　可愛いー！

編集のN様。『無能王子』、『天才錬金術師』から引き続き担当してくださって、ありがとうございます！

そして、この本を手に取ってくださっている読者の皆様。この本を出せるのは皆様のおかげです。ありがとうございます。


最後に、宣伝があります。

『不遇職【鑑定士】が実は最強だった』。こちら、アニメが二〇二五年一月からスタートします！

めちゃくちゃ素敵なアニメになっております！　よろしければぜひー！

【アニメ公式サイト】https://fugukan.com
それでは、皆様とまたお会いできる日まで。

二〇二五年一〇月某日　茨木野

カバンの勇者《ゆうしゃ》の異世界《いせかい》のんびり旅《たび》
～実《じつ》は「カバン」は何《なん》でも吸収《きゅうしゅう》できるし、日本《にほん》から何《なん》でも取《と》り寄《よ》せができるチート武器《ぶき》でした～

著者／茨木野《いばらきの》
イラスト／いずみけい

2024年11月17日　初版発行

発行者／山下直久
発行／株式会社ＫＡＤＯＫＡＷＡ
〒102-8177　東京都千代田区富士見2-13-3
0570-002-301（ナビダイヤル）
印刷／TOPPANクロレ株式会社
製本／TOPPANクロレ株式会社

【初出】……………………………………………………………………………………………

本書は、「小説家になろう」に掲載された『カバンの勇者の異世界のんびり旅～ハズレ勇者と王城から追放され奈落に落とされた。でも実はカバンは何でも吸収できるし、日本から何でも取り寄せられるチート武器だった。今更土下座されても戻る気はない』を加筆・修正したものです。
※「小説家になろう」は株式会社ヒナプロジェクトの登録商標です。

ISBN978-4-04-915986-8　C0093　Printed in Japan

ファンレターあて先
〒102-8177
東京都千代田区富士見2-13-3
電撃の新文芸編集部

「茨木野先生」係
「いずみけい先生」係

左遷された無能王子は実力を隠したい

～二度転生した最強賢者、今世では楽したいので手を抜いてたら、王家を追放された。今更帰ってこいと言われても遅い、領民に実力がバレて、実家に帰してくれないから……～

著／茨木野
イラスト／ハル犬

無能を演じる最強賢者――
のはずが領民から
英雄扱いされて困ってます！

　二度の転生を経て最強賢者としての力を得た青年・ノア。今世では王族として生まれ変わり、前世では働き詰めだった分、今回は無能として振る舞うことにするが――？

　領主としての仕事をこなしていくにつれて、可愛くて胸も大きい村娘のリスタを皮切りに領民に実力がバレてしまい、手抜き王子が模範的な慕われる領主様に！？

　本当は無能として見られたいのに、最強賢者の片鱗が見えすぎて英雄と崇められる無双系ファンタジーコメディ！

電撃の新文芸

煤まみれの騎士 I

どこかに届くまで、
この剣を振り続ける――。
魔力なき男が世界に抗う英雄譚！

知勇ともに優れた神童・ロルフは、十五歳の時に誰もが神から授かるはずの魔力を授からなかった。彼の恵まれた人生は一転、男爵家を廃嫡、さらには幼馴染のエミリーとの婚約までも破棄され、騎士団では"煤まみれ"と罵られる地獄の日々が始まる。

しかし、それでもロルフは悲観せず、ただひたすら剣を振り続けた。そうして磨き上げた剣技と膨大な知識、そして不屈の精神によって、彼は襲い掛かる様々な苦難を乗り越えていく――！

騎士とは何か。正しさとは何か。守るべきものとは何か。そして彼がやがて行き着く未来とは――。神に棄てられた男の峻烈な生き様を描く、壮大な物語がいま始まる。

著／美浜ヨシヒコ
イラスト／fame

電撃の新文芸

ご近所ＪＫ伊勢崎さんは異世界帰りの大聖女

～そして俺は彼女専用の魔力供給おじさんとして、突如目覚めた時空魔法で地球と異世界を駆け巡る～

著／深見おしお
イラスト／えいひ

「さすがです、おじさま！」会社を辞めた社畜が、地球と異世界を飛び回る！

　アラサーリーマン・松永はある日、近所に住む女子高生・伊勢崎聖奈をかばい、自分が暴漢に刺されてしまう。松永の生命が尽きようとしたその瞬間、なぜか聖奈の身体が輝き始め、彼女の謎の力で瀕死の重傷から蘇り——気づいたら二人で異世界に!?　そこは、かつて聖奈が大聖女として生きていた剣と魔法の世界。そこで時空魔法にまで目覚めた松永は、地球と異世界を自由自在に転移できるようになり……!?　アラサーリーマンとおじ専JKによる、地球と異世界を飛び回るゆかいな冒険活劇！